QUELQUES FABLES.

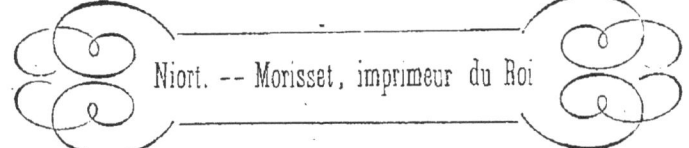

Niort. -- Morisset, imprimeur du Roi

QUELQUES FABLES

DU

DOCTEUR GUILLEMEAU.

QUELQUES FABLES

DU

DOCTEUR GUILLEMEAU.

. . . . quid rides? mutato nomine
de te fabula narratur.
(Horat. lib. 1 , sat 1).

NIORT,

MORISSET, IMPRIMEUR DU ROI ET DE LA PRÉFECTURE.

— 1846. —

LIVRE PREMIER.

FABLE PREMIÈRE.

LES DEUX RUISSEAUX.

Deux ruisseaux, nés dans la même montagne,
Roulaient tout doucement leurs petits filets d'eau,
Et suivaient au milieu d'une agreste campagne
Des routes qu'ombrageaient le jonc et le roseau.
    Lorsqu'une vaste et riante prairie,
Couverte d'un gazon frais et délicieux,
    Et d'une herbe toujours fleurie,
Subitement frappa les regards de l'un d'eux.
Adieu, s'écria-t-il, adieu mon tendre frère,
Par un charme enchanteur, d'invincibles attraits,
Je me sens entraîné vers de nouveaux objets,
Et je cours leur porter mon onde tributaire. —
Là, pour mieux se livrer à ses folles amours,
Et suivre les beautés qu'il rencontre et caresse,
    Aussitôt l'étourdi s'empresse
De se multiplier, de diviser son cours.
Mais ne pouvant suffire à ce sol trop avide,

Et ses faibles moyens trahissant ses désirs,
On vit ce beau ruisseau , jadis vif et limpide ,
S'anéantir au sein des fleurs et des plaisirs.
L'autre ruisseau , plus prudent et plus sage ,
    Heureux dans son obscurité ,
  Ne quitta point le modeste rivage ,
    Où les destins l'avaient jeté ;
    Il garda son cours ordinaire ,
A travers les roseaux , les sables , les cailloux ,
Et sut se garantir des malheurs de son frère
    En suivant un chemin moins doux.
    Bien plus , pour enrichir ses ondes ,
La pluie en longs torrens descendit des coteaux ;
Et fleuve devenu , jusques aux mers profondes ,
Il porta , sans orgueil , le tribut de ses eaux.

La pente du plaisir nous séduit , nous entraîne ;
La voix de la raison n'a pas tant de pouvoir ;
Mais l'une , bien souvent , nous laisse dans la peine ,
L'autre , dans aucun temps , ne trahit notre espoir.

FABLE II.

LA LINOTTE.

  Désertant le nid de sa mère ,
  Et voltigeant pour la première fois ,
Une jeune linotte , en parcourant un bois ,
Résolut d'y fixer son foyer solitaire.
    Un chêne dans l'air élancé
    La séduisit ; comme une reine
Là , je serai , dit-elle , et dominant la plaine ,

On n'aura jamais vu de nid si haut placé.
Mais à peine construit le nid fut renversé,
Et l'arbre, par la foudre, à l'instant fracassé.
Par bonheur la linotte alors était absente.
A son retour voyant le chêne en mille éclats,
De me placer si haut je fus bien imprudente,
  S'écria-t-elle, allons loger plus bas.
  Parmi les broussailles, rez terre,
  Faisons un nid bien cimenté,
Les hauts lieux seulement sont frappés du tonnerre ;
Il faut vivre humblement pour vivre en sûreté.
  Mais les vermisseaux, la poussière,
  Dans sa loge inhospitalière
  La fatiguèrent tellement,
  Que bientôt notre aventurière
Fut contrainte de fuir ce nouveau logement.
Aux branches d'un buisson, au sein d'un vert bocage,
Le nid de la linotte enfin fut arrêté ;
Et loin des vermisseaux, à couvert de l'orage,
  Dans une douce obscurité,
Cet oiseau reconnut que le repos du sage
  Dans tous les temps est le partage
De celui qui chérit la médiocrité.

FABLE III.

LE JEUNE FLEUVE.

  C'est en suivant les routes ordinaires
Que des soucis rongeurs on n'est point tourmenté ;
Le repos, le bonheur, ne se rencontrent guères
  Qu'où gît la douce obscurité.

Un jeune fleuve, assez près de sa source,
Honteux de n'être encor qu'un timide ruisseau,
Et de n'offrir, dans sa modeste course,
Qu'un simple et petit filet d'eau ;
Insensé ! demanda des neiges aux montagnes,
Des eaux rapides aux torrents,
Des tempêtes au dieu des vents,
Tout ce qui peut enfin affliger les campagnes.
Le destin accomplit ses désirs imprudens !
On le vit donc franchir ses rives,
Chasser les nymphes fugitives
Et désoler ses bords charmans.....
L'orgueilleux s'applaudit d'abord de sa puissance ;
Mais voyant qu'on fuyait son aspect odieux ;
Que chacun, avec soin, évitait sa présence,
Et que sa funeste influence
Changeait en un désert les plus aimables lieux,
Il regretta son lit creusé par la nature,
Ces arbres, ces oiseaux et leurs douces amours,
Des frais gazons la riante verdure,
Et tous les compagnons de son paisible cours.

FABLE IV.

LE ROUGE-GORGE.

Durant un rigoureux hiver,
Un pauvre petit rouge-gorge,
Ne trouvant pas un seul grain d'orge (1)
Sur le sol de neige couvert,
Vint doucement frapper à la fenêtre

(1) *Ordeum murinum*, L.

D'un villageois sous son toit abrité ,
    Réclamant l'hospitalité ,
    Jusqu'à ce que l'on vît paraître
Du soleil printannier la brillante clarté.
    Toujours bon , toujours charitable ,
    Celui-ci très-bien l'accueillit ,
    Et de suite l'oiseau se mit
    A becqueter les miettes de sa table.
Et , lorsque le printemps , sur l'aîle des zéphirs ,
Dans les champs , dans les bois ramena la verdure ;
    Lorsque l'amour et la nature
Donnèrent à l'envi le signal des plaisirs ,
    Le villageois entrouvrant sa croisée ,
    Laissa partir l'aimable oiseau ,
    Qui , sur-le-champ , sous la feuillée ,
    Se construisit un nid nouveau
    Pour sa jeune et tendre couvée.....
    Mais bientôt l'hiver de retour
    Attrista tout dans la campagne ,
Et le petit oiseau , vers son ancien séjour ,
    Revint , non seul , mais avec sa compagne ;
Charmés de le revoir , du fermier les enfans ,
    Dirent à leur excellent père :
    Mais voyez donc , il semble par ses chants
    Nous adresser une douce prière ?
Oui , leur dit le vieillard , s'il pouvait à son tour
    Exprimer sa reconnaissance ,
    Il vous dirait , et sans aucun détour :
    « La confiance aide la confiance ,
    « Et l'amour fait naître l'amour. »

FABLE V.

LA PERCE-NEIGE.

Les vents , et la grêle et la neige
Se disputaient encore les cieux ,
Lorsqu'isolée et sans cortége
Une modeste perce-neige
Des mortels attristés vint égayer les yeux.
   On l'accueillit avec délice ;
   Orné de ses charmes naissans ,
   On crut déjà voir le printemps
   Sortir du sein de son calice.
   On l'appela reine des fleurs ,
On la mit au-dessus de l'œillet , de la rose....
Je ne mérite point, dit-elle , ces honneurs ;
   Je le sais bien , je suis très-peu de chose....
   L'*à-propos* seul me donne une valeur ;
L'été me ravirait toutes mes influences ;
   Et si l'hiver je me trouve en faveur ,
   Je ne le dois qu'*aux circonstances.*

FABLE VI.

LE SOC ET L'ÉPÉE.

   L'*Épée* , intrépide et fière ,
D'un long combat revenant ,
Sur le bord d'une bruyère
D'un araire , là gissant ,
Rencontra le *Soc* luisant.
Prenant un ton magnifique ,

Et jetant sur le rustique
Certains regards dédaigneux,
Elle lui dit : Pauvre hère,
Oh ! que je plains ta misère ;
Sans cesse fouillant la terre,
Tu ne vois jamais les cieux.
Ton état est vil, ignoble,
Au milieu des paysans ;
En toi, rien de beau, de noble,
Ne peut charmer les passans.
Que ton sort du mien diffère ;
Je brille dans les combats ;
En tout semblable au tonnerre,
Rien n'arrête ma colère ;
Partout me suit le trépas.
Autour de moi le sang coule
En torrens impétueux ;
Et de cadavres en foule
Je jonche les champs poudreux.
Je laisse sur mon passage
Les ruines, le carnage,
Et les désolations ;
Bref, au plus dur esclavage
J'asservis les nations.
Je ne porte point envie
A votre destin brillant,
Répond le soc, et ma vie
Ici s'écoule humblement.
Je déteste, je l'avoue,
Cette gloire qui se loue (1)
Au prix d'un sang généreux ;
En rendant un champ fertile,
Mon désir est d'être utile :
Voilà mon but et mes vœux.

(1) Ou s'achète.

FABLE VII.

LA JEUNE FILLE ET LA NAÏADE.

Une jeune bergère et timide et naïve ,
  Assise au bord d'un clair ruisseau ,
Voyait avec plaisir dans l'onde fugitive
Se répéter des traits qui charmaient le hameau ;
  Mais ayant un peu troublé l'eau ,
Le mobile miroir perdit sa transparence ;
  Tout disparut , sa ressemblance ,
  Comme les arbres du coteau.
  Éprouvant une vive peine
  D'un changement aussi subit ,
  La naïade de la fontaine ,
  Qui s'aperçut de son dépit ,
    Lui dit :
Il faut donner le temps au calme de renaître ,
Ma fille , si tu veux te voir distinctement :
Ce n'est point dans le trouble et dans le mouvement
  Que l'on peut bien se reconnaître.

FABLE VIII.

LE PAPILLON ET L'ABEILLE.

D'une aile inconstante et légère ,
  Amoureux de toutes les fleurs ,
  Un papillon parcourait un parterre ,
Et dans le changement trouvait mille douceurs.
  Même , dans sa flamme indiscrète ,

On le vit et chercher et quitter tour-à-tour
Le souci, le muguet, le thym, la violette,
Sans trouver une fleur digne de son amour....
    Apercevant la diligente abeille,
Qui, pour faire son miel, ce doux présent des dieux,
    D'une rose fraîche et vermeille,
Sans relâche, exprimait le suc délicieux ;
    Lestement il s'approcha d'elle,
Et d'un ton goguenard, d'un air malicieux,
Il se mit à railler ses talens et son zèle
    Et ses travaux industrieux.
    Sans abandonner son ouvrage,
L'abeille répondit à ce jeune imprudent :
Je n'ai, mon pauvre ami, le temps, ni le courage
    De te parler en ce moment ;
Mais sache, et puisse un souvenir durable
S'en conserver long-temps dans le fond de ton cœur,
    Que, pour être toujours aimable
    Et pour connaître le bonheur,
« Il faut savoir unir l'utile à l'agréable. »

FABLE IX.

LE JEU D'ÉCHECS.

Au jeu d'échecs, le roi, la reine,
Les pions et les cavaliers,
Ont chacun leur place certaine
Et leurs emplois particuliers ;
Mais à la fin de la partie,
Quand les débats sont consommés,
Tous dans la même boîte, et sans cérémonie,
Pêle-mêle sont renfermés.

En racourci , ce jeu représente la vie ,
Et ces honneurs si chers à notre vanité ;
De même qu'aux échecs , notre course finie ,
Le trépas rétablit pour tous l'égalité.

FABLE X.

LE COCHON ET LE CHEVAL.

Un cochon , bien repu , lentement digérait ;
Couché dans un bourbier , et tout couvert de fange ,
    Doucement il se reposait
Au sein des voluptés , qu'il croyait sans mélange ,
Lorsqu'il vit tout-à-coup un coursier vigoureux ,
Hennissant fièrement , du pied frappant la terre ,
Accourir à la voix d'un maître courageux ,
Pour braver avec lui les hasards de la guerre ;
    Méprisant un si noble essor ,
Mons verrat se moqua de ce désir de gloire ,
Qui , pour le fol espoir de vivre dans l'histoire ,
    Fait braver mille fois la mort.....
Cependant le coursier , au-dessus des alarmes ,
    Cherche les dangereux ébats
    Du dieu qui préside aux combats ,
    Et s'élance au milieu des armes.
Déjà même de près il a vu le trépas ;
Déjà plus d'une fois son sang a teint l'arène ;
— Mais n'écoutant que l'ardeur qui l'entraîne ,
    Rien n'a pu ralentir ses pas.
Enfin de Mars enchaînant le tonnerre ,
La paix , la douce paix , sur son char radieux ,
Des mortels pour jamais favorisant les vœux ,
    Vint mettre un terme à leur misère.

Le maître et le coursier retournent au logis,
Contens d'avoir servi l'honneur et la patrie;
Et celui qui vivait sans soins et sans soucis,
Croyant par nul danger n'être jamais surpris,
　　Dom pourceau n'était plus en vie.
　　Voulant fêter son maître dignement,
Et ne pas mériter le plus petit reproche,
　　　Le fermier venait à l'instant
　　　De le faire mettre à la broche.

Rien ne peut de la mort intervertir le cours;
　　　Elle ne connaît point d'entrave;
Aussi, souvent du lâche elle finit les jours,
　　　Tandis qu'elle épargne le brave.

FABLE XI.

LES ÉPIS.

　... Dans ce temps où le laboureur,
　Pour moissonner prépare sa faucille,
　　　Un épi fier de sa grandeur
　　　Méprisait ceux de sa famille,
Qui, la tête baissée, avaient moins de hauteur.
　　　L'un d'eux piqué, lui dit: mon frère,
Abandonne ces airs et méprisans et vains,
Si, comme nous, ta tête était pleine de grains,
On ne la verrait pas si haute et si légère.

L'orgueil d'un cerveau vide est la marque ordinaire.

FABLE XII.

LES AGNEAUX ET LE VIEUX COQ.

Sur le penchant d'une verte colline,
D'heureux agneaux paissaient tranquillement ;
Une onde pure, une herbe toujours fine,
A leurs désirs suffisaient amplement ;
Quand tout à coup, pour une bagatelle,
Un brin d'herbe peut-être, ou semblable valeur,
On vit éclore une grave querelle
Et bien loin d'eux s'enfuir la paix et le bonheur.
Déjà, la discorde ennemie
Agitait son flambeau, distillait son venin ;
Et la vanité sotte, et l'orgueilleuse envie
Secondaient son affreux dessein.
Lorsqu'un vieux coq, le nestor du village,
Qui, plus prudent, apercevait l'orage,
Leur dit : « mes bons amis, hélas ! y pensez-vous ?
     « Vous ne voyez donc pas les loups
     « Rôdant autour de ce bocage ?
     « Il n'attendent que les instans
     « Où, par votre seule imprudence,
     « Ils pourront avec assurance
     « Vous croquer tous à belles-dents.
« Eloignez, croyez-moi, tout sentiment de haine ;
     « Que les discors de vos cœurs soient bannis :
     « Unis vous résistiez à peine,
     « Que deviendrez-vous désunis ? »

FABLE XIII.

LA PETITE FILLE ET LA GUÊPE.

Une jeune et petite fille ,
A l'insu de sa bonne , entra dans un jardin ;
    L'enfant était assez gentille ,
Mais lorsqu'elle était seule , oh ! c'était un lutin ;
    Parmi les fleurs et la rosée ,
    Elle courait depuis long-temps ,
Quand , tout-à-coup , une guêpe dorée
    Vint se mêler à ses jeux innocens.
    Vous sentez-bien que la petite
    Voulut avoir cet insecte léger ;
    Mais plus elle court et s'agite ,
    Plus il se plaît à voltiger.....
    Sur une fleur à peine éclose
La guêpe enfin vint chercher son butin ,
Et sitôt Noëmi s'empare avec la main
    Et de l'insecte et de la rose.
Mais au même moment , les plus vives douleurs
    Lui firent lâcher sa capture ,
Et la guêpe en fuyant laissa dans la blessure
Un dard qui fit verser bien d'inutiles pleurs.

    Vives et folâtres fillettes ,
Qui suivez du plaisir les sentiers séducteurs ,
Redoutez de l'amour les amorces secrètes ;
Il cache aussi souvent son dard parmi les fleurs.

FABLE XIV.

LES DEUX ROSES.

Loin de tous les regards , dans le coin d'un jardin ,
Fleurissait , sans danger , une rose nouvelle ;
Toutefois son réduit n'était si clandestin
Qu'elle ne pût bien voir une rose comme elle ,
Eclatante d'attraits , se croyant la plus belle
    De tout un parterre voisin.
    Fière de son heureux destin ,
Et de cette beauté , qu'un instant peut détruire ,
Celle-ci souriait à ce folâtre essaim
De papillons légers venus pour la séduire
    Et puis l'abandonner soudain.....
    La rose , en un coin retirée ,
Oubliant tout le prix de sa sécurité ,
    Et s'affligeant de rester ignorée ,
Maudissait en secret sa douce obscurité.
Quand un vieux limaçon , rempli d'expérience ,
Et qui , dans cet aimable et paisible séjour ,
S'était , depuis long-temps , établi sans retour ,
Lui fit , de ses chagrins , sentir l'inconséquence.
« Tout semble , j'en conviens , favoriser les vœux ,
    « Lui dit-il , de votre voisine ;
« Le soleil lui sourit ; sa couleur purpurine
    « Et charme et ravit tous les yeux.
    « De papillons , une troupe volage ,
    « Lui forme un cortège nombreux ;
« Et chacun à l'envi lui présente l'hommage
    « De ses désirs et de ses feux.
« Mais ces brillans succès auront peu de durée !

« Déjà l'astre du jour affaiblit ses couleurs ;
« Elle n'a plus l'éclat dont elle était parée,
« Et ses jeunes amans prisent moins ses faveurs.
    « Qu'entre vous deux je vois de différence !
« Votre tranquillité conserve vos attraits ;
« Et vous ne craignez point, sous cet ombrage frais,
« D'un soleil trop ardent la brûlante influence.
    « Cessez donc de vous affliger
« Et de porter envie au sort d'une coquette ;
« Le monde n'offre, hélas ! qu'un plaisir passager :
    « Le bonheur est dans la retraite.

FABLE XV.

L'AMANDIER ET LE POIRIER.

Un amandier voyant sur ses rameaux
    Des fleurs nouvelles et nombreuses,
    Par ces paroles outrageuses,
Attaqua du poirier le tranquille repos :
Je suis déjà, dit-il, l'honneur de ce bocage ;
Ma présence embellit les plus agrestes lieux ;
Et toi, sans agrément, engourdi, paresseux,
Tu montres un bois sec, dégarni de feuillage...
    Mais tandis que cet imprudent
    S'exprime avec tant d'arrogance,
Borrée accourt, et brûle en un instant
Ces fleurs de l'amandier, trop fragile ornement,
Et qui n'offraient encor des fruits qu'en espérance.

Redoutez un succès passager, mais trompeur,

Jeunesse aimable, et trop présomptueuse ;
La fleur précoce est rarement heureuse :
C'est pour avoir le fruit que l'on soigne la fleur.

FABLE XVI.

LE LOUP ET L'AGNEAU.

La raison du plus fort n'est toujours la meilleure ,
Et nous allons le montrer tout-à-l'heure :
Un loup mourant de faim , ne pouvant plus marcher,
Sous un arbre se vit forcé de se coucher.
Mais apercevant dans la plaine ,
Au bord d'une claire fontaine ,
Un gentil et timide agneau ;
De grâce , lui dit-il , d'une voix suppliante ,
Daigne m'apporter un peu d'eau ,
Pour étancher ma soif ardente ;
Oui , je te jure , foi de loup ,
En temps et lieu , de reconnaître ,
Et de payer , comme il doit l'être ,
Ce service , que , pour beaucoup ,
Plus d'un des tiens , que j'aime d'amour tendre ,
Serait très-charmé de me rendre ,
Bien certain de faire un bon coup.
Ami , lui dit la brebiète ,
Très-volontiers je te secourerais ,
Et de l'eau je te porterais ,
Si je pouvais avoir l'assurance complète
Que , près de toi , sans risque je serais ;
Mais , j'en suis bien plus que certaine ,

Ta soif n'est rien, près de ton appétit,
Et ma chair te serait une fort bonne aubaine.
Sur ce, le jeune agneau, salua, puis partit.

Cet agneau, si je ne m'abuse,
Nous prouve ici très-clairement,
Que prudence et bon jugement
Valent mieux que force et que ruse.

FABLE XVII.

LA PAQUERETTE.

Avant que le printemps ramène les zéphirs,
Et des ris et des jeux la cahorte légère ;
Lorsqu'en d'autres climats, sur un autre hémisphère,
Le soleil semble avoir relégué les plaisirs ;
Souvent la *Paquerette*, et simple et bocagère,
De l'habitant des champs vient orner le séjour,
E décorer le sein de la jeune bergère,
Qui soupire à la fois de jeunesse et d'amour.
    De la plus flatteuse espérance,
    Et de la douce bienfaisance,
    Cette fleur est l'emblême heureux :
    Dans le mois des vents de l'orage,
    Elle brave souvent leur rage,
    Pour venir caresser nos yeux ;
    Et son retour toujours rappelle,
    Que bientôt la saison nouvelle,
    Doit nous ramener avec elle,
    L'amour, les gazons et les jeux.

FABLE XVIII.

LA LUNE ET SON TAILLEUR.

La lune, à la forme changeante,
Voulut, un certain jour, qu'on lui fît un habit ;
Un habile tailleur aussitôt se présente,
Et, selon tous les *us*, la mesure lui prit.
Cet astre était alors ce que, dans la province,
On appelle premier quartier :
Taille élégante, fine et mince,
Et pesant à peine un setier.
Huit jours après l'artiste étale
Un riche et superbe pourpoint,
Mais, dans ce très-court intervalle,
La lune avait acquis un notable embonpoint.
Du tailleur la déconvenue,
A cette vue,
Fut, comme on pense, au dernier point.
J'apprends, dit-il, par cette affaire,
Qu'il ne suffit pas de bien faire,
Mais qu'il faut encor faire à point.

FABLE XIX.

LE MALADE ET LES DEUX MÉDECINS.

Un homme se trouvant malade,
Deux médecins vinrent le voir ;
Et malgré leur très-grand savoir,

On vit bientôt le camarade
Pencher vers le sombre manoir.
Si l'un des médecins proposait un remède,
    L'autre en voulait un différent ;
    Si bien que durant l'intermède
    Le pauvre diable allait mourant.
    Ces deux Messieurs, on doit le croire,
    Avaient l'un et l'autre raison,
    Le fait est sûr, il est notoire,
    Bien que l'un dit *oui*, l'autre *non*.
Mais, toutefois, pendant que l'on discute,
    Et sans pouvoir tomber d'accord,
    Le patient fait la culbute :
    Le malade seul avait tort.

    O! vous qui dans votre misère,
    Croyez devoir recourir au docteur,
N'en appelez qu'un seul, c'est le point nécessaire,
Mais, si vous le pouvez, choisissez le meilleur.

FABLE XX.

L'ARBRISSEAU ET LE CHÊNE.

Un arbrisseau louait les beautés d'un grand chêne,
    A l'ombre duquel il croissait ;
C'est vrai, dit celui-ci, dans ce vaste domaine,
Se croire à ma hauteur nul arbre n'oserait.
Mais, qu'ils me coûtent cher, ces frêles avantages !
    Plus je m'élève et plus je sens

Que je suis en butte aux outrages
Du froid , de la neige et des vents.

Les toits rustiques et sauvages
N'ont rien à craindre des orages
Qui renversent par fois les demeures des grands.

LIVRE DEUXIÈME.

FABLE PREMIÈRE.

LA ROSE ET LE BUISSON.

Ceinte d'une épine grossière,
Au milieu d'un épais buisson,
Telle qu'un timide enfançon,
Fleurissait rose printanière.
  A peine le père du jour,
En suivant sa vaste carrière,
Pouvait d'un rayon de lumière
Eclairer son obscur séjour.
  Dans cette demeure paisible,
Sous ce manteau sûr et léger,
Cette fleur croissait invisible,
Mais elle croissait sans danger....
  Déjà son calice s'entr'ouvre,
Et, par le plus heureux destin,
L'œil, avec délice, découvre
La belle pourpre de son sein.

L'impatiente et jeune belle ,
Fière de ses charmes naissans ,
Veut montrer sa grace nouvelle
Parmi les filles du printemps.
  Ainsi s'exprime la simplette ,
Maudissant l'utile gardien ,
Qui , pour sa gloire , et pour son bien ,
'La fait vivre dans la retraite :
  « Jouis de ma simplicité ,
« Cruel , lui dit-elle , barbare ,
« Prive-moi , d'une main avare ,
« Des douceurs de la liberté.
  « Sous tes tristes lois asservie ,
« Je vois s'écouler , sans raison ,
« Au sein d'une horrible prison ,
« L'âge fortuné de la vie. »
  D'un ton plein de sévérité ,
« Tais-toi , tais-toi , lui dit l'épine ,
« Une humeur jalouse et chagrine
« Te fait oublier ma bonté ?
  « Quand Phœbus , dans sa course errante ,
« Sèche , détruit l'herbe et la fleur ,
« Qui , par une ombre bienfaisante ,
« T'abrite contre son ardeur ?
  « Qui te garantis des outrages
« Du bœuf pesant , du blanc mouton ?
« Qui défend ton frèle bouton
« Des aquilons et des orages ?
  « Pauvre folle , bénis plutôt
« Ta douce et rustique demeure ;
« Elle n'est pas encor , cette heure ,
« Qui viendra peut-être trop tôt ! !
  « Que ne peux-tu savoir d'avance
« Tous les malheurs , tous les revers ,

« Qui , dès-lors , du milieu des airs ,
« Viendront tromper ton espérance ! »
  Elle se tut ; mais cette fleur ,
Plus imprudente encor que fière ,
Contre l'épine hospitalière
Des vents invoque la fureur....
  Hélas ! elle achevait à peine ,
Qu'on vit venir presque soudain
Un villageois , le fer en main ,
Des faux rejets mondant la plaine.
  Et déjà la terrible faulx ,
Que dirige une main cruelle ,
Va , de ce gardien si fidèle ,
Couper les verts et frais rameaux.
  Mais au lieu de verser des larmes
Sur le sort de son protecteur ,
La coquette y trouve des charmes ,
Et se repaît de sa douleur.
  Enfin , il vient de disparaître ;
Le sort de la rose est changé ,
Et le brillant soleil pénètre
Dans son sein de vert ombragé.
  Alors la fleurette superbe ,
Libre de tout empêchement ,
Porte sur les fleurs et sur l'herbe
Un regard de contentement.
  Zéphir caresse ses pétales ,
Les oiseaux chantent ses attraits ,
Et l'aube de rubis , d'opales,
Sème son feuillage si frais....
  Mais hélas ! qu'elle est passagère ,
L'heure qui flatte nos désirs ,
Et que le moment des plaisirs
S'envole d'une aîle légère !

Victime des feux du soleil ,
Quand elle n'est qu'à peine éclose ,
La pauvre et malheureuse rose ,
Lors sent le prix d'un bon conseil.

Mais , c'en est fait , décolorée ,
Sans vigueur et sans agrément ,
Déjà sur la terre , éplorée ,
La rose roule au gré des vents.

O vous ! innocentes fillettes ,
Qui , sous l'aile de vos mamans ,
Toujours prudentes et discrètes ,
Vivez sans soucis , sans amans.

Si ces entraves nécessaires
Sont douloureuses à vos cœurs ,
Lisez *ma Rose* , et ses malheurs ,
Et vos peines seront légères.

FABLE II.

LA PIE ET LA COLOMBE.

La colombe et margot la pie
Allèrent au premier de l'an
    Faire au paon
Visite de cérémonie.
Que ce paon me déplaît ,
   Dit la pie , au méchant caquet ,
A la colombe , après être sortie ;
  En vérité , s'il me croyait ,
  Il ne parlerait de sa vie ,
  Car il ne parle pas , il crie ;
Et surtout avec soin cet oiseau cacherait

La sécheresse et la forme amincie
  De son pied si long et si mal fait.....
  S'il faut vous parler vrai , ma bonne ,
Répondit la colombe assez ingénument ,
  De ses défauts m'occupant faiblement ,
   Je n'ai bien vu dans le moment
   Que cet éclat qui l'environne.
Je n'ai pu qu'admirer , excusez mes aveux ,
   L'élégance de son corsage ,
   L'azur et l'or de son plumage ,
Et de sa queue enfin les contours radieux.

   Cette fable doit nous apprendre
Que , dans ce monde . il faut bien l'avouer ,
L'homme de bien voit ce qu'il faut louer ,
Et le méchant tout ce qu'il peut reprendre.

FABLE III.

LA MOUCHE ET LE PAPILLON.

   Apercevant une fiole ,
   Pleine d'un miel délicieux ,
   Une mouche sitôt y vole ,
Pour satisfaire et son goût et ses yeux.
   Et d'abord , d'une aile légère ,
Elle voltige autour de la liqueur ,
   De cette liqueur mensongère ,
Qui séduit à la fois l'odorat et le cœur.
   Puis , bientôt , dans le vase même ,
   Elle plonge indiscrètement ;

Mais son repas fini, ce fut bien vainement
Qu'elle voulut sortir de ce péril extrême.
Plus elle s'efforçait, et plus un suc gluant,
      Couvrait ses pattes et son aile ;
   Elle bourdonne, elle crie, elle appelle,
   Nul ne répond à son gémissement.
Voyant la mort déjà planer sur elle,
      Elle s'écrie, en regardant le ciel :
      Fortune, pour moi si cruelle,
Tu places mon cercueil dans un tombeau de miel !
      Mais tandis qu'elle se lamente,
   A chaque instant, sentant venir sa fin,
      Un papillon, de couleur éclatante,
Lui dit d'un air léger, et même un peu malin :
Toi seule, de ton mal, ma pauvrette, est la cause ;
Pourquoi courir après des mets si délicats ?
Si tu n'eusses jamais courtisé que la rose,
      Ceci ne t'arriverait pas.
   Mais toujours tu fus par trop prompte
      A suivre d'imprudens désirs,
      Sans daigner jamais tenir compte
      Des maux qui suivent les plaisirs.
Il n'avait pas encor fini son élégie,
   Quand cet enfant de l'air, ce léger papillon,
      Découvrit, dans un beau salon,
      Les feux brillans d'une bougie.
Lors, sans que la raison puisse le diriger,
Sans songer aux conseils qu'il prodiguait naguère,
Il vole promptement vers l'ardente lumière,
Et, tout près de la flamme, il aime à voltiger.
      Mais en tournant, tournant sans cesse,
      Autour de ce foyer brûlant,
      Au milieu tombe l'imprudent,
Et, de bien près, la mort suit sa détresse.

Du fond de sa triste prison ,
La mouche , qui vivait encore ,
Témoin de l'affreuse leçon
Que reçoit l'élève de Flore ,
Se dit : Il eût agi certes plus sagement ,
Dans cette horrible circonstance ,
S'il eût gardé pour lui la moitié seulement
Des avis qu'il donnait avec tant d'assurance.

Le monde actuel est plein de gens,
Toujours prêts à donner des conseils salutaires ,
Et qui, pourtant , aux moindres accidens ,
Tombent, fort lourdement, dans des fautes grossières.

FABLE IV.

LE FILOU ET LE RÉVERBÈRE.

Que je hais tes feux indiscrets ,
S'écriait un filou , parlant au réverbère ,
Ta clarté nuit à mes projets ;
Avec toi je ne puis rien faire.
Ah ! que ne suis-je au temps jadis ,
Temps où , d'une ardeur sans seconde ,
Dans une obscurité profonde ;
Nous gagnions de l'argent en frappant les esprits ,
De la crainte de l'autre monde:
Si l'on ne met un terme à tous ces changemens ,
Franchement je te le confie ,
Nous nous verrons forcés , pour gagner notre vie,
De devenir honnêtes gens....
Aisément je conçois ta peine coutumière ,

Répond le porte-jour ; car , pour dire en deux mots ,
On sait que les fripons , les méchants et les sots
Ont été , de tout temps , ennemis des lumières.

FABLE V.

LE PLAISIR ET LA DOULEUR.

Que ce qu'on nomme le plaisir
Est vraiment une étrange chose !
Souvent en comblant un désir
D'une douleur il est la cause.

Bien qu'il semble que la douleur
Du doux plaisir soit le contraire;
Cependant il n'arrive guère ,
Que l'un ne soit de l'autre un prompt avant coureur.
Jupin , dans sa toute puissance ,
Voulut les mettre un jour d'accord ,
Et former entre eux deux une étroite alliance ;
Mais il ne fit qu'un inutile effort.
Piqué de cette résistance ,
L'un à l'autre il les enchaîna ;
Et c'est depuis ce temps , que de l'un la présence
Annonce que bientôt l'autre se montrera.

FABLE VI.

LE PHILOSOPHE , L'ENFANT ET LE RICHARD.

Un bon philosophe vivait
Dans un simple et rustique asile ,

Qu'il avait su rendre fertile
Par tous les soins qu'il lui donnait.
A ses côtes on voyait luire,
Comme un jeune astre à son levant,
Un doux et gracieux enfant
Rempli du désir de s'instruire ;
Mais ce sage, de l'art dédaignant les secours,
Agissait toutefois avec ordre et prudence ;
Et pour développer sa jeune intelligence,
Aux plus simples moyens il avait eu recours.
Aussi toujours attentif et docile
Aux leçons que cet homme habile
Lui donnait aussi bien aux champs qu'à la maison,
Pour cet enfant, ce fut chose facile
D'amasser un trésor de savoir, de raison.....
Vers cette époque, où la nature
Embellit tout, dans les prés, dans les champs ;
Lorsque le rossignol invite, par ses chants,
A venir folâtrer gaîment sur la verdure,
Un riche citadin, las des plaisirs menteurs
Que l'hiver offre aux habitans des villes,
Dans un château, bâti sur les hauteurs,
Escorté de valets insolens et serviles,
Vint dissiper ses ennuis, ses langueurs.
Mais loin de se livrer, dans ce séjour champêtre,
Aux doux ébats qu'inspire le printemps,
On le vit aussitôt s'empresser de paraître,
Suivi de chiens, de cors, de chevaux hennissans,
Et faire une incessante guerre
Aux lièvres, aux lapins, comme aux cerfs haletans,
Qui, vainement, fuyaient sur la bruyère,
Et les chiens affamés, et les plombs menaçans...
Un jour trouvant sur son passage
Cet enfant, aimable et charmant,

Il fut frappé de son langage ,
De son extérieur séduisant.
Venez , venez , dans ma demeure ,
Lui dit–il, ô ! jeune enfançon ,
Chez moi vous trouverez , toujours à l'unisson ,
Un nouveau plaisir pour chaque heure.
Laissez votre ennuyeux pédant ,
Sans cesse armé de sa férule;
Trop de savoir est ridicule ,
Et je l'estime faiblement.
Contre moi , dit l'enfant , ne gardez point rancune ,
Monsieur, si tous vos biens me semblent sans valeur ,
Et si je prise plus ceux de mon bienfaiteur :
Seuls , ils sont à l'abris des coups de la fortune.

FABLE VII.

LA BARQUE A CARON.

Un jour , sur les rives sombres
Du redoutable Achéron ,
Où l'inflexible Caron
Passe , en sa barque , les ombres ,
Un roi puissant , redouté ,
Lorsqu'il était sur la terre ,
Par le destin fut jeté
Sur cette côte étrangère.
Prenant un ton menaçant ,
Nocher , me voici , j'arrive ,
Dit–il , et , sur l'autre rive ,
Qu'on me passe promptement ;
Je n'ai pas le temps d'attendre ;

La canaille que je voi ,
Je pense , ne peut prétendre
A devancer un grand roi.
    A ton tour , puissant monarque ,
Répond Caron , irrité ,
En l'éloignant de sa barque :
Règne ici l'Egalité.

FABLE VIII.

LE RAT A L'OFFICE.

Un rat , très-maigre et décharné ,
Qui se croyait un vrai puits de science ,
    Parce que , depuis sa naissance ,
Il habitait un lieu de vieux livres orné ,
Résolut à la fin de changer de demeure ;
    Et sitôt seul et silencieusement
Par un trou fort étroit il se glissa sur l'heure
    Dans un voisin appartement ;
    Or , c'était fort heureusement
    Ce que l'art culinaire appelle
    L'office , ou bien mieux le serdeau.
    Aussi l'on voyait en monceau
    Filets de bœuf , longes de veau ,
Et des mets recherchés la longue kyrielle.
Notre gaillard s'en donna largement ;
Sa maigreur disparut ; la graisse en prit la place ;
    Et ce secours , très-efficace ,
    Le rétablit entièrement.
    De passer là toute sa vie
  Et d'y finir ses jours tranquillement ,
    Loin des jaloux et de l'envie ,

Fut un parti pris à l'instant.
Mons raton reconnut sans peine
Que la science ne nourrit
        Que l'esprit ;
Et que, pour vivre la centaine,
La route, au moins la plus certaine,
C'est de contenter l'appétit.
Il est sûr, qu'en cette occurrence,
Le lard frais et les aloyaux
Valent bien mieux que la science
Pour couvrir de graisse les os.
Mais un jour que, la panse pleine,
Il reposait paisiblement,
Une rumeur vive et soudaine
Le réveilla subitement.
Il crut alors que la prudence
Voulait qu'il s'en allât comme il était venu :
Il courut donc au trou ; mais, ô double souffrance !
L'énorme grosseur de sa panse
Ne put passer par un trou si menu.
Une très-méchante araignée,
Témoin de son triste embarras,
Lui dit, en ricanant tout bas,
Et d'une voix grognante et refrognée :

Celui qui, sans raison, ne songe qu'au présent,
Dans l'avenir tôt ou tard se repent..

FABLE IX.

LE PÊCHEUR ET LA JEUNE BERGÈRE.

Armé d'une ligne légère,
Colin, des pêcheurs le plus beau,

Assis à l'ombre d'un ormeau,
Faisait une innocente guerre
Aux muets habitans de l'eau.
Tandis que la bergère Annette,
Des jeunes filles du hameau,
La plus belle et la plus discrette,
Non loin de là, sur le coteau,
Conduisait son heureux troupeau,
En répétant sa chansounette
Et faisant tourner son fuseau....
O ! trop charmante pastourelle,
Lui dit le pêcheur amoureux,
Pourquoi méprisez-vous les feux
D'un amant pour vous si fidèle ?
Pourtant nous avons, vous et moi,
Même sort, si je ne m'abuse,
Puisque vous employez la ruse,
Pour tout soumettre à votre loi.
J'en conviens toutefois, vous avez l'avantage :
Pour attirer dans mes filets,
D'une amorce grossière il me faut faire usage,
Et vous n'avez besoin que de vos seuls attraits
Pour fixer près de vous le cœur le plus volage.
La bergère sourit, et ne répondit rien ;
Mais, en le regardant, elle entra sous l'ombrage ;
Colin la suivit, et je gage
Que le fripon s'en trouva bien.

O ! vous qui, dans l'adolescence,
Désirez faire votre cour,
N'oubliez pas qu'avant l'amour,
L'amour-propre avait pris naissance.

4

FABLE X.

MERCURE ET APOLLON.

Pour une faute assez légère
Chassés du céleste séjour,
Apollon et Mercure, un jour,
Vinrent forcément sur la terre.
Mais, pour ne point mourir de faim,
Et poursuivis par l'indigence,
Ils cherchèrent dans leur science
Les moyens d'adoucir les rigueurs du destin.
Ils élevèrent donc, sur la place publique,
Un beau théâtre, invitant les passans,
A s'approcher de leur boutique,
Comme, à peu près, font tous les charlatans.
Venez, leur disaient-ils, venez, messieurs et dames,
Enfans, vieillards, accourez tous :
Nous pouvons présenter, aux hommes comme aux
marchandises selon leurs goûts.   (femmes,
Même au bien de la république
Sacrifiant notre propre intérêt,
Nous la livrons pour la somme modique
De dix sols seulement ; à dix sols le paquet!
Allons, venez, achetez vite,
Ou plutôt recevez, car nous ne vendons pas,
Mais vainement l'un d'eux s'agite,
Son fonds lui reste sur les bras :
Apollon, de sa marchandise,
Ne put trouver aucun débit....
Il ne vendait que de l'esprit,
Et chacun croyait bien en avoir à sa guise.

En revanche , Mercure eut des succès brillans ,
    Et sans peine on pourra le croire ,
    N'offrant à tous que la mémoire ,
    Il fut accablé de chalans.

    Sur sa mémoire chacun glose ;
    Chacun s'en plaint fort librement.
Mais pour l'esprit, Oh ! c'est tout autre chose :
    Du sien toujours on est content.

FABLE XI.

LA FEMME , SON MARI ET LA MORT.

Sous le poids de ses maux un mari succombait :
    Sa maladie était mortelle ;
    Et sa femme encor jeune et belle
    Très-vivement se lamentait :
    « Mort barbare, s'écriait-elle ,
    « Auras-tu bien la cruauté
« D'enlever un époux si cher, si regretté ,
    « A l'épouse la plus fidèle ?
    « Ah ! si les destins en courroux
    « Veulent une victime , arrête ,
    « Frappe , frappe-moi , je suis prête,
« Heureuse de sauver les jours de mon époux. »
    La mort à sa plainte accourue ,
Elle lui dit alors , le cœur rempli d'effroi :
    « O mort ! ce n'était pas pour moi,
« Qu'avec tant de ferveur j'implorais ta venue ,
« Mais bien pour ta victime en ce lit étendue ;
    « Prends-la vite et retire-toi. »

Ne croyez pas toujours à ce vain étalage,
    De cris, de gestes, de douleur;
Les chagrins vrais, ceux qui partent du cœur,
    Ont bien un tout autre langage.

FABLE XII.

LE DERVIS ET LE PAUVRE.

    Dans un parfait recueillement,
    Les bras croisés, l'air doux, modeste,
    Un dervis, fort dévotement,
    Contemplait la voûte céleste.
Oubliant tout-à-fait les choses d'ici-bas,
    Ne vivant plus qu'en espérance;
C'était bien vainement qu'en lui tendant les bras,
Depuis long-temps, un pauvre exprimait sa souffrance.
Homme ! lui crie alors le malheureux mourant,
    Ah ! prends pitié de ma misère;
    Regarde moins le firmament :
    Les malheureux sont sur la terre.

FABLE XIII.

L'OISELEUR ET LA TOURTERELLE.

    Un oiseleur prenant ses rets,
    Dans l'espoir de faire capture,
    Près d'un bois et sur la verdure,
    Vint exécuter ses projets.

·Là , depuis la saison nouvelle, ·
Au milieu des jeunes rameaux ,
Reposait une tourterelle ,
Sur ses petits à peine éclos.
Notre homme sur le champ s'empresse
De tendre ses nombreux filets ;
Ne doutant point que son adresse
N'obtienne un fortuné succès.
Mais , au moment qu'il considère
L'oiseau , cher objet de ses vœux ,
Et qu'il promène, avec mystère,
Sur l'arbre un regard curieux ,
Son pied foule le corps noueux
D'une dangereuse vipère.
Cet animal que la douleur
Provoque à venger son injure,
Sur lui s'élance avec fureur ,
Et lui fait sentir sa morsure.
Je mérite le mal que j'éprouve aujourd'hui ,
Dit alors l'oiseleur , dans sa douleur extrême :
         « Je voulais attraper autrui ,
         « Je me suis attrapé moi-même. »

FABLE XIV.

LE FIGUIER ET LES OISEAUX.

Un figuier recevait sur ses rameaux nombreux
         Tous les oiseaux du voisinage ,
         Et sous l'abri de son feuillage ,
         Du soleil ils bravaient les feux.
         Bien plus, ses fruits délicieux

Leur procuraient, chaque jour, sans mesure,
Breuvage exquis et douce nourriture.
  Quand tout à coup, avec fracas,
  La foudre traversant la nue
  Vint frapper la tête chenue
De l'arbre hospitalier et le mit en éclats.
  Des oiseaux la troupe volage,
Soudain vers d'autres lieux dirigea son essor,
Et le pauvre figuier, renversé par l'orage,
N'en trouva pas un seul qui prît part à son sort.

  Toujours une foule importune
  Suit les pas de l'homme en faveur,
Mais il reste bientôt seul avec sa douleur
  S'il éprouve quelque infortune.

FABLE XV.

LES VENTS.

  Un beau jour, dans l'antre d'Éole,
  Se réunirent tous les vents ;
 L'un venait du midi, l'autre accourait du pôle ;
Celui-ci de la mer, l'autre des continents ;
Et chacun, à son tour, réclama la parole,
Pour faire le récit, en mots assez tranchans,
  De ses faits les plus éclatans :
J'ai, dit le vent de mer, souvent dans ma colère,
Démâté, coulé bas, grand nombre de vaisseaux ;

Moi, j'ai des laboureurs, ruinant les travaux,
Reprit le vent du sol, augmenté la misère ;
J'ai détruit des moulins, des maisons, des châteaux,
    Dit, en ricanant, un troisième ;
     Puis, survenant un quatrième,
Il se vanta d'avoir culbuté force monts,
Et même, dans les flots, renversé bien des ponts.
Mais celui qui parla d'une manière exquise,
    Et qui, dans cette occasion,
Parut, mieux qu'aucun d'eux, fixer l'attention,
    Ce fut le fougueux vent de bise :
    « Un homme, dit-il, gravement
    « Cheminait comme un président ;
    « Je soufflai fort dans sa perruque,
    « Et de suite sa pauvre nuque,
    « S'offrit aux regards du passant.
    « Mais cette perruque, en roulant,
    « Alla se placer, justement,
    « Entre les jambes d'une belle ;
    « Et sa jupe, un peu soulevant,
    « Montra ce qu'une demoiselle
    « Cache le plus soigneusement.
    « Le public s'assemble autour d'elle ;
    « Celui-ci la plaint, l'autre en rit :
    « Vainement la jeune pucelle
    « Serre les talons et rougit. »
    Mais tandis que cette caverne
    Retentit de ces cris joyeux,
Qu'a provoqués le récit croustilleux
Du vent plus froid que celui de galerne,
    L'ami de la paix et des jeux,
    L'aimable et consolant zéphire,
    Ne prenant point part à ce rire,
En un coin se tenait calme et silencieux.

Interpellé par la fière cohorte ,
De ses hauts-faits de parler à son tour ,
 Celui qui ne connaît que les ris de l'amour ,
   En peu de mots , s'exprima de la sorte :
 « Tout mon bonheur , dans la belle saison ,
 « Est de trouver une onde pure ,
 « De clairs ruisseaux et la verdure ,
 « L'ombre des bois , et le vallon
 « Qu'ornent les mains de la nature ;
 « Durant les chaleurs de l'été ,
 « D'offrir aux bergers , aux bergères ,
 « Des ombrages verts , solitaires ,
 « Et la fraîcheur et la santé ;
 « De raser la surface humide
 « D'un fleuve transparent , limpide ,
 « Ou d'agiter tout doucement
 « L'herbe et les fleurs de la prairie ,
« Dont l'aimable parfum , que la couleur varie ,
« Porte dans tous les cœurs un doux enchantement. »
   Ce discours , bien loin de leur plaire ,
   Blessa ces méchans , ces pervers ;
   Et , le fixant d'un œil sévère ,
   On le regarda de travers.
Zéphir alors crut très-prudent , très-sage ,
Pour éviter l'effet de leur courroux ,
De s'envoler en des climats plus doux ,
Où se trouvent toujours l'amour et le jeune âge.
Mais , tout en s'échappant de cet antre sauvage ,
Il leur dit , en bravant leur impuissante rage :
« Parmi les cœurs pervers , parmi les insensés ,
« Toujours les gens de bien se verront déplacés. »

FABLE XVI.

L'ASSEMBLÉE DES OISEAUX DE NUIT.

LE PRÉSIDENT OUVRE LA SÉANCE.

« O ! que la nuit est belle, et comme elle est aimable !
« Tout dort autour de nous ; on n'entend aucun bruit.
« Que le jour, au contraire, est triste, insupportable !
    « Répondez , oiseaux de la nuit ? »

UN PETIT HIBOU.

« Le jour seul enfanta la famine et la peste !
    « Aussitôt qu'il est de retour ,
    « On se tourmente , on se déteste ,
    « On se querelle : à bas le jour ! »

UNE CHOUETTE (en grassayant).

    « A bas le jour ! que je l'abhorre !
    « Il me déchire : il me fait mal aux yeux.
« Et mes attraits jamais ne sont plus radieux
    « Qu'avant le lever de l'aurore. »

CHOEUR DES HIBOUS ET DES CHAUVES-SOURIS.

    « A bas l'astre du jour au visage vermeil !
« Six grands mois de prison, deux mille écus d'amende,
    « Et , de plus , forte réprimande ,
    « A quiconque osera protéger le soleil. »

LE PRÉSIDENT.

« C'est décrété, messieurs, suivant votre ordonnance;
« A dater d'aujourd'hui, plus de jour désormais ;
« Et, contre le soleil, sévissez d'importance,
« S'il ose, parmi nous, se présenter jamais. »
— Le soleil, cependant, vint éclairer le monde ;
Mais les oiseaux de nuit restèrent dans leurs trous ;
Et malgré leurs clameurs, leurs cris et leur courroux,
Phœbus anima tout de sa chaleur féconde.

FABLE XVII.

L'ORATEUR ET LE CHARLATAN.

Jadis un orateur élégant, très-habile,
Sur la place d'Athènes, avec art, débitait
D'excellentes leçons d'une morale utile,
Et fort tranquillement un chacun l'écoutait.
Déjà même il s'applaudissait
De se voir entouré d'un nombreux auditoire ;
Déjà, tout bas, au temple de mémoire,
Modestement il se plaçait ;
Quand tout-à-coup l'écho répète
La voix d'un rusé charlatan,
Qui, pour attirer le chaland,
Faisait retentir sa clochette.
Le peuple en foule alors, de plaisir transporté,
Vers lui s'approche en diligence,
Et quitte, avec rapidité,
L'orateur et son éloquence,

Pourtant un homme lui restait,
Et faisait, en ce sens, des autres la satire,
Mais, hélas! il faut bien le dire,
C'est que ce pauvre homme dormait.
En sursaut réveillé, sachant ce qui se passe,
Il se lève aussitôt, de fort mauvaise humeur,
En s'écriant, peste de l'orateur!
Qui, m'ayant assoupi, m'a fait perdre ma place.

Nous sommes tous encor d'Athènes aujourd'hui!
Et sans vouloir ici calomnier autrui,
Je dis que le plus sage et le plus raisonnable,
A l'utile souvent préfère l'agréable.

FABLE XVIII.

LE ROSSIGNOL ET LE CHARDONNERET.

Dans cette aimable et riante saison,
Où le soleil fait croître et verdir le feuillage;
Un jeune et folâtre enfançon
Du rossignol entendit le ramage.
Enchanté de ces sons si tendres, si touchans,
Il porta ses regards jusqu'au fond du Bocage,
Afin d'apercevoir, au travers de l'ombrage,
Ce chantre harmonieux des fleurs et du printemps.
Mais sur la même branche, où chantait Philomèle,
S'était aussi placé le gai chardonneret,
Qui folâtrant, battant de l'aile,
Par ses vives couleurs, les yeux éblouissait.
L'enfant séduit par l'apparence,

Se dit sans beaucoup discuter,
C'est l'oiseau qui vient de chanter ;
L'autre , sans nul éclat , n'a pas tant de science.
Mais dans l'instant , que de ce bel oiseau
Il fait un si pompeux éloge,
Le gai chardonneret déloge,
Et vole sur un autre ormeau.
Les doux accens pourtant ne changent point de place ;
Et l'on entend encore l'écho,
Répéter ce chant plein de grâce ,
Et qui semble toujours nouveau.

Bien détrompé par cette épreuve,
L'enfant, que rien ne peut plus décevoir,
S'écrie, ah! je commence à voir
Que l'habit n'est pas une preuve
Et du mérite et du savoir.

FABLE XIX.

L'OIE ET LE LOUP.

Une oie , un certain jour d'été ,
Du milieu d'un étang , sans un long protocole ,
Exaltait son courage et sa fidélité ,
Disant, nul plus que moi n'a de célébrité ?
Mes parens ont jadis sauvé le Capitole !
— Une louve allaita le plus grand des mortels ,
Celui qui des Romains fonda le noble empire,
Lui répondit le loup : qu'après on ose dire
Que les loups sont méchans , voraces et cruels !...

Oui, pour les animaux, l'homme est plein d'injustice,
Reprirent-ils tous deux ; avec plus d'équité
  Et seulement d'impartialité,
Il verrait que les loups sont bons et sans malice ;...
Il verrait combien l'oie a d'intrépidité ;...
De leurs vertus à peine ils achevaient l'éloge,
Qu'un milan affamé sortit du fond du bois ;
Sur-le-champ de frayeur l'oie accourt dans sa loge,
Oubliant et sa race, et Rome et les Gaulois.
  D'une autre part : égaré dès l'aurore,
Un jeune agneau bêlait sur le coteau voisin,
  Le loup le voit, s'en approche, et soudain,
Malgré ses cris plaintifs, le cruel le dévore.

  De ces fanfarons de vertus,
Redoutez sagement les nombreux artifices ;
L'habit d'hommes de bien dont ils sont revêtus
N'est qu'un adroit moyen pour mieux cacher leurs vices.

FABLE XX.

LE COQ ET LE LIMAS.

  Un coq s'efforçait vainement
  De voler au plus haut d'un chêne ;
Lorsqu'il vit qu'un limas, animal indolent,
Avait atteint ce but, aisément et sans peine,
Eh ! comment as-tu pu, jusqu'au sommet, grimper,
  Lui cria-t-il, privé de pieds et d'ailes ?...
Rarement à mes vœux les destins sont rebelles,
  Dit le limas : *je sais ramper.*

5

LIVRE TROISIÈME.

FABLE PREMIÈRE.

L'ANE ET LE CHEVAL.

Veggo ogni di nel mondo asini altieri,
~~Che d'uguagliarsi ardiscono ai destrieri.~~
(Pignotti).

Avril déjà signalait son retour ;
Et de nombreux troupeaux, fuyant les bergeries,
　　Dans les verdoyantes prairies,
　　Et les bocages d'alentour,
　Paissaient gaiement les herbettes fleuries.
　　Déjà, les oisillons des bois
　　Chantaient d'une note légère,
　　Et la jeune et tendre bergère
　　Y mariait sa douce voix ;
Lorsqu'un coursier, errant à l'aventure,
　　Indépendant et libre de tout frein,
　　Aperçut le long d'un chemin,

Un pré dont l'herbe épaisse et la molle verdure
    Au plus malade eût inspiré la faim.
  Il est bien vrai, que de ce pâturage,
    Un grand fossé le séparait,
    Et que l'eau qui, le long courait,
    Rendait périlleux ce passage.
Mais le noble animal n'en fut point rebuté.
Qu'importe le danger, se dit-il, si j'arrive,
    Et d'un seul bond, sur l'autre rive,
On le vit aussitôt courir en liberté.
    Un certain roussin d'Arcadie,
Un âne, puisqu'il faut l'appeler par son nom,
    Témoin de ce saut de renom,
  D'en faire autant conçut la fantaisie.
    Aussi, je suis un bon sauteur,
  S'écria-t-il, en relevant la tête;
    Qu'à m'admirer chacun s'apprête,
On va dans peu connaître ma valeur.
    En effet, sans que rien l'arrête,
    Vers le pré le voilà lancé;
    Mais hélas! cette pauvre bête,
    Tombe au beau milieu du fossé.

    Comme l'âne de cette fable:
    On voit plus d'un ambitieux
  Qui, pour trop loin avoir porté ses vœux,
Tombe, après des efforts toujours infructueux,
    Dans l'état le plus misérable.

    « Autre moralité de cette fable: »

En tout consultez bien votre esprit et vos forces;
    C'est autrement agir en insensé.
Défiez-vous surtout des trompeuses amorces:
 e point est de finir ce qu'on a commencé.

FABLE II.

LE RAT ET LA TAUPE.

Certain rat qui n'avait que fort peu de cervelle,
De côté d'autre allant, trottant,
Tout auprès de son trou vit la taupe paissant
Une herbe odorante et nouvelle.
L'aborder, lui parler fut l'acte d'un moment.
La taupe, dit-on, n'y voit goutte,
Mais elle entend parfaitement,
Et l'oreille au guet, elle écoute,
Le plus petit évènement...
Elle pensa, dans sa sagesse,
Qu'elle devait montrer à cet écervelé,
Le triste sort auquel il semblait appelé
S'il errait et courait sans cesse...
Tu ne peux te livrer, sans le plus grand danger,
Lui dit-elle, au désir de tout voir, tout connaître ;
Crains d'imprudemment t'engager
Loin du coteau qui t'a vu naître.
Reste chez toi, c'est le plus sûr moyen
D'éviter tous les maux qui menacent ta vie,
Bien insensé qui peut porter envie
A celui qui d'erreur fait son souverain bien !
Songe surtout, ajouta-t-elle encore,
Que l'infâme race des chats
Rôde sans cesse sur tes pas ;
Prends garde qu'avant peu l'un d'eux ne te dévore...
Mais n'entends-je pas quelque bruit !...
Chez moi je rentre... adieu ; sans plus de verbiage,

Retourne-t-en dans ton humble réduit ;
Tu ne peux, mon ami, suivre un conseil plus sage !
Ah ! mon dieu, ce n'est rien, dit le rat raisonneur,
Demeurez, nous n'avons dans ce lieu rien à craindre ;
    Je vous trouve vraiment à plaindre
    D'avoir un si timide cœur.
Je veux donc... Mais le chat (car c'était bien lui-même
    Qui s'était là glissé furtivement),
S'élance sur le rat d'une vitesse extrême,
    L'étrangle et le mange à l'instant.

eureux qui, loin du monde et dans la solitude
oit ses jours s'écouler au sein des doux loisirs !
    A l'abri des périls, exempt d'inquiétude,
    Seul il connaît les vrais plaisirs.

FABLE III.

LA PAUVRE FAUVETTE.

    Dans la plus belle des saisons,
Lorsque l'herbe fleurit, que les moissons prospèrent,
Du nid d'une fauvette et de ses oisillons,
    Trois méchans oiseaux s'emparèrent.
Il fallut bien subir ce destin rigoureux !
    En effet, qu'eût fait la pauvrette ?
    Elle était sans force et seulette,
    Et l'on n'aide que les heureux.
Plusieurs oiseaux pourtant prirent part à sa peine ;
    Pour être juste, il faut en convenir ;
Mais pour la délivrer de sa pesante chaîne,

Nul ne s'empressa d'accourir.
A quelque temps de là, de son dur esclavage
Ne pouvant plus supporter les tourmens,
Et ses fils étant déjà grands,
Elle voulut enfin s'échapper de sa cage,
Et des autres oiseaux se placer dans les rangs.
Elle comptait beaucoup sur la gent volatile,
Qui de la protéger avait fait le serment ;
Mais ce secours, hélas ! manqua totalement ;
Chacun chez soi resta tranquille.
Et son effort fut impuissant.
Surtout, dans certain coq, connu par sa vaillance ;
Elle avait mis toute son espérance ;
Ne doutant point de son noble ascendant.
Mais il avait vraiment une plus grave affaire ;
Perché sur un clocher, tout près d'un bresbytère,
Il regardait avec mystère,
De quel côté venait le vent.

Si vous avez la fortune prospère,
Tous vos amis seront très-prompts à vous servir ;
Mais si le malheur veut qu'elle vous soit contraire,
Ah ! ne songez plus qu'à mourir.

FABLE IV.

LES SOUHAITS DE L'ANE.

Au retour du printemps, la campagne plus belle
Invitait à jouir de ses charmes naissans,
Et les fleurs, dans ce temps où tout se renouvelle,
S'ouvraient aux doux baisers des zéphirs caressans.
Pourtant l'âne accusait sa triste destinée ;

Forcé, chaque matin, de porter au marché
Des pots de fleurs sans nombre ; il était peu touché
De ce que nous nommons jeunesse de l'année.
Fi ! de ce doux printemps, que ne suis-je en été,
S'écriait-il, sans doute, il me serait prospère.
L'été vint, mais encor de peines escorté ;
Il fut, pour le baudet, un surcroît de misère.
Accablé sous le poids de ces tourmens nouveaux,
Espérant être mieux, il désira l'automne ;
Mais avec lui l'automne amène d'autres maux :
  Et Cérès, Bachus et Pomone
  Multiplièrent ses travaux.
  Il appela donc à son aide
  L'hiver et les froids aquilons ;
  Et la plus froide des saisons
  N'offrit à son mal nul remède :
Du matin jusqu'au soir, malgré les ouragans,
  La neige, la pluie et les vents,
  Il eut pour tâche coutumière,
  De porter au milieu des champs,
  Des fumiers infects et pesans,
  Ou quelque substance grossière ;
  Et si parfois notre grison
  Glissait dans le fond d'une ornière,
  Son maître, suivant par derrière,
Le relevait toujours à grands coups de bâton.
  N'ayant plus d'espérance aucune,
  Il comprit enfin que la mort,
  Pouvait seule changer son sort
  Et terminer son infortune.

  Solliciter un changement
  Lorsque la fortune est contraire,
  C'est vouloir ordinairement,
  Changer, tout au plus, de misère.

FABLE V.

LE RICHE ET LE SAVANT.

Deux hommes habitaient une petite ville ;
  L'un était pauvre et fort habile ,
L'autre , tout cousu d'or , manquait absolument
    Et d'esprit et de jugement.
  Un jour qu'errant dans la campagne ,
  Ils se promenaient , en causant ,
  C'est bien à tort , dit le savant ,
  A son ami qui l'accompagne ,
Que l'on met au-dessus du savoir , du talent ,
Les biens que , sans raison , la fortune répand.
  L'autre , orgueilleux de sa richesse ,
  Que l'apostrophe blesse encor ,
Lui répond : le savoir est loin d'être un trésor ;
  Il ne mène qu'à la détresse.
  Dites-moi , monsieur l'érudit ,
  Où vous conduit ce pompeux étalage ,
  De livres , produit d'un autre âge ,
  Qui remplissent votre réduit ?
De tous mes serviteurs , je ne sais pas le nombre ;
A m'obéir chacun est toujours empressé ;
Et vous , bien au contraire , en tout temps délaissé,
N'êtes accompagné jamais que de votre ombre.
  Un pliant , une table , un lit ,
  Sont les meubles de votre chambre ;
  Et l'on vous voit le même habit
  En août aussi bien qu'en décembre.
Le riche , en dépensant , fait le bien de l'Etat,
Par lui vivent heureux le marchand et l'artiste ;

Et pour charmer son goût, plus ou moins délicat,
Un chacun le suit à la piste.
Vous-mêmes, messieurs les auteurs,
Ne dédiez-vous pas aux riches vos ouvrages
En mots plus ou moins louangeurs ?
Et ne quêtez-vous pas humblement leurs suffrages,
Afin qu'ils paient vos labeurs ?
La réponse était trop facile ;
Le savant ne dit mot, et fit bien dans ce cas.
Mais avant peu la guerre, et d'horribles combats,
Apprirent au richard que le plus sûr asile,
Contre une soldatesque irritée, indocile,
C'est le toit qu'on n'aperçoit pas.
Son château fut pillé, brûlé, couvert de cendre ;
Il perdit tout, il ne lui resta rien.
Et ceci lui fit bien comprendre
Que l'or n'est pas le plus grand bien.
Faisant de la misère un dur apprentissage,
Le savant le reçut dans son humble hermitage ;
Partageant avec lui ce qu'il pouvait avoir.
Et le ci-devant riche, en devenant plus sage,
Connut enfin que l'or ne vaut pas le savoir.

FABLE VI.

LA VIOLETTE, LA ROSE ET LE ZÉPHIR.

Avril verdoyait,
Quand la violette,
Modeste et discrette,
Qui, peu, s'occupait,
En saison nouvelle,

De paraître beile ,
Sous l'herbe croissait.

Le zéphir volage
La vit , et son cœur ,
D'une vive ardeur ,
Sentit le servage ;
A peine il osait ,
D'une aile timide ,
Froler l'herbe humide ,
Où , seule et sans guide ,
La fleur se cachait.

Mais , tout auprès d'elle ,
D'un brillant modèle ,
On voyait fleurir ,
Et s'épanouir ,
Rose joliette ,
Qui fraîche et coquette ,
Offrait le plaisir.

Dans un vain délire ,
L'inconstant zéphire ,
Alors s'envola ;
Et , triste , inquiète ,
L'ingrat planta là
La pauvre fleurette.

Ce volage amant ,
A sa folle ivresse ,
Se livra sans cesse ;
Mais l'enchantement
Fut d'un seul moment.

Épine piquante ,
La rose cachait ,
Et zéphir coquet ,
Dans sa flamme ardente ,
Très-peu s'en doutait.

Profonde blessure
Le galant reçut ;
Long-temps il ne put,
Ni sur la verdure,
Ni sur l'onde pure,
Faire son début.
    Couché sur la terre,
Souffrant mille maux,
On le vit naguère
Se plaindre en ces mots :
Qu'amour pur est rempli de douceur et de charmes !
Et qu'il nous fait passer des jours délicieux,
Mais qu'il nous fait aussi verser d'amères larmes.
Lorsque, d'une coquette, il nous rend amoureux !

FABLE VII.

LES OISEAUX ET LES HOMMES.

Sous un épais et vert feuillage
Qu'embellissaient encor les plus limpides eaux,
    De nombreux et joyeux oiseaux
    Faisaient entendre leur ramage ;
    Lorsque le plus gai des pinçons,
    Vers eux volant à tire-d'ailes,
Leur cria de très-loin, amis, bonnes nouvelles ;
Sans crainte, désormais, entonnez vos chansons.
    Dans ce très-bon pays de France,
    Les hommes et les animaux
    Viennent de faire une alliance (1).

(1) Loi contre la chasse du 21 février 1844.

Qui met un terme à tous nos maux,
Plus de chasseurs et plus de piège,
Plus de braconniers destructeurs,
Plus d'ennemi qui nous assiège :
D'une éternelle paix savourons les douceurs
Des oiseaux l'ivresse fut grande,
Ainsi qu'on peut bien le penser ;
Et l'on vit chacun s'empresser
D'offrir au dieu Pan sa guirlande :
Tout le monde à la joie abandonnait son cœur,
Alors qu'une perdrix, en un coin retirée,
Vint mettre un terme à leur bonheur,
En leur disant, d'une voix altérée :
Pauvres oiseaux, cessez ces imprudens ébats ;
Vous êtes, vous, dit-on, en paix avec les hommes ;
N'en croyez rien, hélas ! nous sommes.
Pour leurs menus plaisirs destinés ici-bas.
Vous les verrez bientôt nous pourchasser encore,
Et parfois même avant le lever de l'aurore,
Sitôt qu'ils nous sauront plus nombreux et plus gras.

FABLE VIII.

UN ROI ET SES COURTISANS.

Diodore l'Argirien,
Dans sa belle et savante histoire,
Dit qu'un monarque éthyopien
Perdit un œil, en poursuivant la gloire :
Un adroit soldat ennemi
Lui lança dans l'œil une flèche,

Et près de son front, cette brèche
Fit qu'il ne vit plus qu'à demi.
Certes, ce fait n'est pas unique ;
Mais ce qui paraît surprenant,
C'est que ce mal, au même instant,
Devint un mal épidémique.
Dès lors des courtisans nombreux
Résolurent avec prestesse,
Et pour complaire à sa hautesse,
De se crever l'un de leurs yeux.
Tel même que la seule vue,
D'un glaive ou d'une dague nue,
Eût, dans tout autre temps, fait mourir de frayeur,
Offrit, sans sourciller, une tête chenue
Au fer du docte opérateur.

A la cour, où tout se déguise,
La chose n'a rien de nouveau ;
Et de nos jours encor on voit la couardise,
Du courage souvent emprunter le manteau.

FABLE IX.

LE CHIEN PARESSEUX.

Un chien maigre, pelé, souffrant et misérable,
Contre tous les effets d'un hiver rigoureux
        Cherchait un abri secourable,
Mais vainement, le sort s'opposait à ses vœux ;
Pourtant le vent du nord soufflait avec furie.
Voyant donc qu'en plein air il passait chaque nuit,
Il se réfugia dans un petit réduit,

6

Où régnait un peu moins et faisait moins de bruit
      Le fougueux amant d'Orithie.
Là ne négligeant rien pour garantir sa peau,
Il se fit très-petit, se roula sur lui-même,
Et de plus sous sa cuisse, avec un soin extrême,
      Il cacha son triste museau.
Ne dormant point, il songea que, plus sage,
      Il aurait pu, dans la belle saison,
Avec l'herbe des champs, la terre et le feuillage,
      Se procurer une maison.
Je ne saurais dans ce moment le faire,
Dit-il, mais au printemps je m'en occuperai,
Et sitôt que les fleurs embelliront la terre,
      Le ciel m'aidant, j'y songerai.
C'est un point résolu : la chose ainsi remise,
      Le pauvre hère s'assoupit ;
      Bien que plus d'une fois la bise,
      Son court sommeil interrompît.
      Levé long-temps avant l'aurore,
      Le corps froissé, dévoré de chagrin,
A grand peine put-il, aller chercher encore,
      De quoi calmer sa dévorante faim.
      Ainsi traînant sa pénible existence,
      Ce malheureux atteignit le printemps....
      L'été déjà, par sa présence,
Appelait chaque jour les moissonneurs aux champs ;
      Déjà même, pleins d'espérance,
Les vendangeurs joyeux entonnaient quelques chants,
      Lorsqu'il se remit en mémoire
Ses projets de l'hiver, ses affreuses douleurs,
      Le froid et toutes ses rigueurs,
      Bref, sa très-lamentable histoire.
Ah! que puis-je aujourd'hui, dit notre paresseux ?
      La chaleur est insupportable,
      Elle me tue, elle m'accable ;

Dormons, nous ferons beaucoup mieux.
D'ailleurs, sans nul apprentissage,
On ne fait point un logement!
Pour entreprendre un tel ouvrage,
Il faut plus que je n'ai de force et de talent.
Puis, qui ne sait, et par expérience,
Qu'un doux hiver toujours suit un hiver affreux,
Et je serai bien bon de m'alarmer d'avance
Pour un mal tout au plus douteux.
Il dit, et d'un sommeil paisible,
Tout doucement il s'endormit....
Mais l'hiver reparut : il fut dur et terrible ;
Et de froid notre chien périt.

Du paresseux tel est le caractère ;
Il remet tout au lendemain ;
Et poursuivant toujours une erreur mensongère,
De ses projets jamais il n'aperçoit la fin.

FABLE X.

L'ANE MALADE (fable ésopienne.)

Un âne était sur la litière ;
On eût cru qu'il allait mourir ;
Mais l'artiste vétérinaire
Avait promis de le guérir.
Sur le bruit de sa mort prochaine,
Des loups affamés et méchans,
Dans l'espoir d'une bonne aubaine,
Accoururent à travers champs.
L'un d'eux, d'un air très-pitoyable,

De la bonté prenant le ton ,
Lui dit : humain et charitable ,
Je vous apporte un confortable
Pour hâter votre guérison.
Comment êtes-vous ? Mieux , dit l'autre ,
Sans doute , que vous n'espérez ;
Ne faites pas le bon apôtre ,
On sait quel motif est le vôtre :
C'est ma peau que vous désirez.

L'âne , c'est le célibataire
Qui , tristement , fléchit sous le poids de ses maux ,
Et , les loups , la bande-corsaire
Des avides collatéraux.

FABLE XI.

LE VILLAGEOIS ET LE PHILOSOPHE.

Au sein d'une campagne agréable et fertile ,
Vivait un simple villageois ;
Loin des fracas , des ennuis de la ville ,
De la nature seule il écoutait la voix.
Content des biens fournis par Cérès et Pomone ,
Sans nulle ambition , comme sans vanité ,
Il n'eût pas même , au prix d'une couronne ,
Sacrifié sa douce liberté.
Bien que , déjà , sur le retour de l'âge ,
Et que le temps eût blanchi ses cheveux ,
Toujours fort , toujours vigoureux ,
Au plus jeune il eût pu disputer le courage.

Fidèle à ses devoirs , sensible , affable , humain ,
Jamais le pauvre , en vain , ne lui dit sa misère ,
  Et toujours chez lui l'orphelin
  Crut retrouver le cœur d'un père.
  Ainsi que ces modestes fleurs ,
 Dont le parfum décèle la présence ,
  Ses vertus et sa bienfaisance
  Attiraient vers lui tous les cœurs.
  Un savant qui , toute sa vie ,
  Sur les livres était resté ,
  De constater la vérité,
  Conçut un jour la fantaisie.
Après avoir long-temps avec lui discouru ,
 Le philosophe étonné , confondu ,
 De son raisonnement admirant la justesse ,
Et de son cœur les nobles sentimens ,
  Lui dit : je vois que la sagesse
  Vous guida dans tous les instans ;
  Que les auteurs les plus savans
  Vous ont accompagné sans cesse ,
  Et que , durant votre jeunesse ,
Des voyages sur mer et sur les continens
 Ont secondé tous vos heureux penchans.....
Je ne quittai jamais le toit qui m'a vu naître ,
 Lui dit en souriant le fortuné vieillard ,
  Mais la nature , et jamais l'art ,
Toujours me dirigea dans mon séjour champêtre.
Portant autour de moi des regards scrutateurs ,
Des animaux divers j'étudiai les mœurs.
  De la fourmi , j'appris la prévoyance ;
  De mon chien , la fidélité ;
 Des tourtereaux , l'amour et la constance ;
Et des petits oiseaux , dans leur nid qui commence ,
  Le sentiment de la paternité.

Les animaux cruels , en me montrant leurs vices ,
　　Tels que l'hyène et le tigre indompté ,
M'ont aussi fait sentir le prix de la bonté ;
　　Et j'appris d'eux à trouver des délices
　　En soulageant la pauvre humanité....
Hélas ! que dites-vous , reprit le philosophe ,
Plus que dans les forêts , les lieux inhabités ,
　　Des tigres sont dans nos cités ,
　　Où , tout au moins , faits de la même étoffe ,
Et , par le malheureux , tout autant redoutés.
　　Ah ! pour trouver une morale pure ,
Il faut , ainsi que vous , n'habiter que les champs ;
Et bien loin des cités , sans livres décevans ,
　　Suivre les lois de la nature.

FABLE XII.

LE JEUNE RAT ET LE CHAT.

　　Un jeune rat , nouvel hôte du monde ,
Errait à l'aventure , et se trouvait heureux ,
De jouir à son gré de la clarté des cieux ;
Et de tous les plaisirs de la machine ronde ;
Lorsqu'il vit tout-à-coup , retiré dans un coin ,
　　Un chat , dont la première affaire ,
Était de digérer , et puis de ne rien faire ,
Et qui semblait alors n'avoir point d'autre soin
Que de se reposer , assis sur son derrière....
Voilà certes , dit-il , un bien doux animal !
C'est un saint ; je lui dois toute ma confiance ;
Ce serait l'outrager que d'en craindre du mal ,

Et je veux avec lui faire ample connaissance.
Il s'en approcha donc ; mais le coquin de chat,
  Allongeant sa griffe traîtresse,
S'en saisit aussitôt , avec beaucoup d'adresse ,
  Et mit à mort le pauvre rat.

Un air sanctifié n'est pas toujours le gage
D'un cœur des passions vraiment désabusé ;
Et tel qui nous paraît un fort saint personnage,
N'est bien souvent qu'un fourbe à nos yeux déguisé.

FABLE XIII.

LES POISSONS ET LA FLUTE.

  Le sage Pythagore assure
Qu'en Egypte , en certain canton ,
Pour mieux attirer le poisson ,
On bat justement la mesure ,
En faisant entendre le son
D'une flûte et d'un tympanon.
Par cette sorte d'harmonie ,
Le poisson , aidant le succès ,
Vient , comme frappé de manie ,
De lui-même dans les filets.

Par attraits ou par habitude ,
Ainsi nous voyons sous nos yeux ,
Le plus souvent la multitude ,
Sans soins et sans inquiétude ,
Suivre un charlatan dangereux.

FABLE XIV.

LE RAT PRODIGUE.

Un jeune rat , riche et prodigue ,
Possédait un très-beau jardin ;
Et , loin du bruit et de l'intrigue ,
Il croyait son bonheur certain.
Recevant sans cesse à sa table
De rats un cortége nombreux ;
Confiant , généreux , affable ,
Il leur faisait à tous un accueil gracieux.
Ceux-ci le payaient en visite ,
En éloges , en complimens ,
En titres , plus ou moins brillans ,
Et chacun croyait être quitte.
Ainsi le jeune rat des jours heureux passait
Dans ce bizarre et mutuel échange ,
Prenant pour des amis , sans fraude et sans mélange ,
Ceux qu'à sa table il recevait.
Mais un jour que , sous le feuillage ,
De leur généreux hôte ils célébraient gaîment ,
Entre la poire et fromage ,
Et les vertus et le talent ;
Se croyant bien à l'abri de l'orage ;
Fort à propos , pourtant, on s'aperçut qu'un chat ,
S'avançait doucement , afin de les surprendre ,
Aussitôt on les vit en tous lieux se répandre ;
Nul ne voulant engager le combat.
L'amphytrion ne fut le dernier dans la fuite ;

De çà , de là , chacun se sauva comme il put ;
　　Très-heureux qui lestement sut
Du terrible animal éviter la poursuite.
Mais , pour notre héros , ce qui fut désastreux ,
C'est que ce chat maudit ne quitta plus la place ;
　　Et que la faim , augmentant sa disgrace ,
　　Le réduisit au sort le plus fâcheux.
En vain pour soulager son affrsuse misère ,
　　Il implora ses amis d'autrefois ;
　　Aucun ne se montra sincère .
　　Tous à l'envi méconnurent sa voix.
　　Désespéré de tant d'ingratitude ,
Il voyait lentement s'approcher le trépas ,
Lorsqu'un rat , sur lequel , certe , il ne comptait pas ,
　　Vint apaiser sa vive inquiétude :
Certain rat philosophe , et qui , très-sagement ,
　　Loin des erreurs et des vains bruits du monde ,
　　　Vivait dans une paix profonde
　　En faisant de l'étude un doux amusement ,
　　Lui dit : venez chez moi , ma fortune est petite ;
　　Mais nous partagerons ce que je tiens des dieux ;
　　　Car , toujours je me félicite ,
　　Lorsque le ciel permet que je m'acquitte ,
　　　En secourant les malheureux.
　　　Sans peine , je dis : qu'on déloge ,
　　　A l'insolente vanité ;
Mais je garde en tout temps , dans le fond de ma loge,
　　　Une place à la pauvreté.

　　Ce n'est point chose très-commune
Qu'un véritable ami , mais c'est plus qu'un trésor ;
Et , pour le bien connaître , il faut que l'infortune
　　Le passe au creuset , comme l'or.

FABLE XV.

LE MIROIR MAGIQUE.

Un jour l'inconstante déesse
Voulant favoriser un pauvre malheureux,
    Et mettre un terme à sa détresse,
Lui fit don d'un miroir surprenant, merveilleux.
Fut-on bossu, boîteux, borgne et mille autres choses,
Chacun y paraissait sous des dehors charmans ;
Un instant suffisait pour ces métamorphoses.
Aussi notre homme eut-il grand nombre de chalans,
Sitôt qu'il eût montré sa pièce curieuse,
    Et qu'il eût dit : je rends jeunes les vieux,
        Je fais marcher droit la boîteuse,
Je donne à la laideur un aspect grâcieux ;
Enfin, accourez-tous ; jugez-en par vos yeux.
        Toujours aussi, le soir, cet homme,
            S'en revenait-il au logis ,
        Muni d'une assez forte somme,
        Dont son miroir était le prix.
        Un jour , que par mésaventure,
Il ne put, sur la place, aller incontinent ,
De cette fonction il chargea son enfant ,
Jeune homme assez mal fait , disgrâcieux de figure ;
Celui-ci, transporté de se voir beau garçon ;
    Garda pour lui l'usage de la glace ;
Nul ne put obtenir un seul instant sa place ;
Et le soir, sans un sol, il revit la maison :
        Imbécile, lui dit son père ,
    Que t'a servi de te mirer toujours ?

Ta mine est-elle moins grossière?
Mettras-tu moins en fuite les amours?
Sache, mon fils, que si, par politesse extrême,
Ou bien par intérêt, nous adulons autrui,
Toujours les gens sensés se moquent de celui
Qui trouve son bonheur à s'aduler lui-même.

FABLE XVI.

LE SINGE ET LE MIROIR.

Un singe qu'abusait sa sotte vanité,
Et qui croyait vraiment être un beau personnage,
Devant un grand miroir se trouvant arrêté,
    Y vit sa ridicule image.
Ne pouvant soupçonner que cet être si laid,
    Cette impertinente figure,
Qu'il nommait, en riant, rebut de la nature,
    Fût au naturel son portrait,
Du peintre fit sans peine un éloge complet.
Quelqu'un l'interrompant, lui dit pauvre imbécile!
Ce portrait est le tien, tu ne te connais pas...
Le singe alors changeant et de ton et de style,
Soutint que ce miroir était faux, inutile,
Et le fit sur le champ voler en mille éclats.

    Du ridicule et des vices des autres,
      Nous convenons fort aisément;
Mais si quelqu'un nous dit: *ces vices sont les vôtres,*
    La scène change, et nous disons qu'il ment.

FABLE XVII.

LA FORTUNE ET L'AVARE.

Un homme hautement se plaignait
Que l'aveugle fortune à ses vœux échappait.
Il possédait pourtant des biens, de la richesse,
Et tout autre à sa place eût été satisfait.
Mais son bonheur était de cumuler sans cesse ;
De l'or et puis de l'or, voilà ce qu'il voulait.
On le voyait parfois, errant sur le rivage,
Parcourir le terrain d'un pas précipité ;
Ou tout seul franchissant le lieu le plus sauvage,
Invoquer, à grands cris, cette divinité.
　　　Enfin, aimable et souriante,
La fortune, à ses yeux, daigna se présenter ;
Et d'une roche ardue, en lui montrant la pente,
Lui dit : c'est là qu'est l'or, c'est là qu'il faut monter.
Mais considère avant, cette horrible vallée,
Ces chemins escarpés, ces rapides torrens,
Ces neiges, ces glaçons, ces buissons déchirans,
Enfin, ce roc affreux, à la tête pelée !
Oseras-tu braver des dangers aussi grands ?
Si tu l'oses, du moins, agis avec prudence,
Mesure bien tes pas, et suis droit ton chemin ;
　　　Car le trépas le plus certain
　　　Serait le fruit de ton imprévoyance...
Intrépide, il s'élance avec rapidité,
　　　Et par un effort magnanime,
Bientôt, de la montagne, il atteignit la cîme,

Et beaucoup d'or s'offrit à son avidité.
Il s'en chargea vraiment outre mesure;
Oublieux du conseil si sagement donné;
Mais de suite on le vit, des dieux abandonné,
Par un saut périlleux, payer avec usure
De l'or, rien que de l'or, le goût désordonné.

Nous disons tous les jours la fortune est volage;
Nous l'accusons des maux dont nous sommes auteurs:
Mieux avisé, moins avide et plus sage
Que l'homme éviterait bien souvent des malheurs.

FABLE XVIII.

L'ÉPERVIER, LA COLOMBE ET L'OISELEUR.

En poursuivant avec fureur
Une douce et tendre colombe,
Par mégarde, un épervier tombe
Dans les filets d'un oiseleur.
Celui-ci voulant mettre un terme
Aux déprédations du brigand,
S'en empare au même moment
Et le presse d'une main ferme.
L'oiseau de proie, afin de l'attendrir,
Lui dit, avec un long soupir,
Jamais de tes ennuis tu ne me vis la cause.
Oui, répond l'oiseleur, je dois en convenir;
Mais celle qui, tout près, sur cet arbre repose,

7

Parce qu'heureusment j'ai pu la secourir,
T'avait-elle fait quelque chose.

Puis il tordit le col du méchant animal :
Qui fait le mal, s'attende au mal.

FABLE XIX.

LE CARLIN, LA BREBIS ET LE JEUNE LAPIN.

Dans le même champ, un lapin,
Une brebis, puis un carlin,
Se rencontrent un jour ensemble ;
Mais le motif qui les rassemble
Provient de leur esprit, ou plus ou moins malin.
Séduite par une herbe tendre,
La brebiette n'en veut prendre
Que pour calmer un peu sa faim ;
Le petit chien, d'humeur folâtre,
Désire en faire le théâtre
Des jeux et des plaisirs auxquels il est enclin ;
Tandis que le lapin, secondé de sa patte,
S'agite si long-temps et gratte,
Qu'il bouleverse le terrain.

C'est ainsi qu'en toute assemblée,
Parmi la foule rassemblée,
Chacun a son but, son dessein.

FABLE XX.

LE VOYAGEUR ET LE PLATANE.

Épuisé de fatigue et brûlé du soleil,
Un voyageur s'assit à l'ombre d'un platane,
Dont les rameaux courbés en forme de cabane,
Invitaient à goûter les douceurs du sommeil.
Mais, tandis qu'il se livre à l'oubli de ses peines,
    Dans un calme réparateur ;
Tandis que le zéphir fait couler dans ses veines,
Un sang pur que pénètre une aimable fraîcheur,
    Par des paroles outrageantes,
    Il lui reproche avec aigreur
De ce que, tout couvert de feuilles élégantes,
    Il ne donne ni fruit, ni fleur...
Ingrat ! quand je te suis utile et nécessaire,
    Répond le platane irrité,
Je ne m'attendais pas, certes, pour mon salaire,
Que tu joindrais l'insulte à la déloyauté.
Après t'avoir offert un salutaire ombrage
    Contre les chaleurs de l'été,
    C'est à tort que j'avais compté,
    Je le vois bien, sur ton suffrage.
Va porter loin de moi tant de méchanceté ;
    Ton aspect m'est insupportable :
    Fi ! de l'homme assez méprisable
Pour manquer aux devoirs de l'hospitalité.

LIVRE QUATRIÈME.

FABLE PREMIÈRE.

LE LOUP ET LE CHEVREAU.

Allant au loin chercher pâture ,
Une chèvre au logis laissa son jeune enfant ;
Mais redoutant , pour lui , quelque mésaventure ,
Après avoir aux dieux remis sa géniture ,
Elle y joignit encor cet avis important :
« Crains , lui dit-elle , et sois toujours en garde
     « Contre les piéges des méchans ;
« Le repentir poursuit celui qui se hasarde ,
     « Et la défiance , à mon sens ,
     « Est utile aux honnêtes gens.
     « Mais pour mieux te faire connaître
     « Le loup , ce méchant , ce voleur ,
     « Ce scélérat qui répand la terreur
     « Chaque fois qu'on le voit paraître ,
     « Je vais , en peu de mots , te tracer son portrait :
« Ses yeux sont enflammés, ses dents sont menaçantes,
« Son regard fait frémir , ses lèvres sont saignantes ,

« Et , pour le peindre d'un seul trait :
« Nous avons plus que lui des barbes ondoyantes.
« Mais , pour te préserver tout-à-fait de ses coups ,
« Je te défends d'ouvrir à gens de toute sorte ,
« Et , si l'on ne te dit , en frappant à la porte :
    « *Les dieux perdent les loups.* »
Sur le sort de son fils , la chèvre plus tranquille ,
    Prit alors le chemin du bois ,
    Non pas sans regarder , en quittant son asile ,
        Derrière elle plus d'une fois.
    A peine elle atteignait le bord de la bruyère ,
    Que le loup , comme on dit , parut subitement ;
    Dans un coin retiré , caché furtivement ,
    Il avait entendu , de cette tendre mère ,
        Le très-sage avertissement.
Marchant d'un pas léger , doucement il s'approche ;
        Puis imitant le maternel accent ,
    Il lui dit : mon fils , ne crains aucun reproche ;
        Ouvre-moi vîte , et sur-le-champ.....
Pourquoi tardes-tu donc ? Dis-moi, qui peut suspendre
    Et retenir tes pas dans ce moment heureux ?
        Ah ! je vois bien ce que tu veux :
Les dieux perdent les loups ; ne me fais plus attendre...
        Ayant donné ce mot du guet ,
    Il parcourut la porte , espérant s'introduire :
Mais le jeune chevreau , soupçonnant son projet ,
    Très-finement s'empressa de lui dire :
« Avant qu'en ce logis vous reçoive biquet ,
    « Faites-lui voir votre barbe , beau sire. »
        Le loup , terrassé par ces mots ,
        Et trompé dans son espérance ,
        Grinça des dents , tourna le dos ,
Et s'enfuit..... oubliant même la révérence.

                            ∴

Le dupeur est par fois dupé ,
Bien qu'il fasse le bon apôtre :
Et tel qui croit attraper l'autre ,
Est souvent le seul attrapé.

FABLE II.

LE LOUP ET LA JEUNE BREBIS.

Des brebis, dans un parc, paissaient l'herbe nouvelle ;
Et le berger , tranquille à l'ombre d'un ormeau ,
        Répétait sur son chalumeau ,
La chanson qui plaît tant à la jeune Isabelle ;
Lorsqu'un loup alléché par l'ardeur du butin ,
S'approcha doucement et leur tint ce langage :
        « Désormais, devenu plus sage ,
    « J'abjure, leur dit-il, tout amour du larcin.
        « Je ne suis plus animal carnivore ;
        « Je n'aime que l'herbe des champs ;
    « Et dans mon cœur , les plus doux sentimens
    « Ont remplacé cette soif qui dévore,
« Et qui, du sang d'autrui, nous rend un peu friands.
« Ah ! venez avec moi : sous un épais feuillage,
        « J'ai rencontré le plus gras pâturage;
    « Un site qu'à plaisir nature fabriqua ;
    « Et je veux, avec vous, faire un juste partage
    « De ce bien *que le ciel*, toujours bon, m'indiqua. »
        Une brebiette innocente ,
        Trop crédule, trop confiante ,
        Suivit le fourbe;.. il la croqua.

Jeune fillette
Que l'amour guette,
Craignez un semblable retour ;
Et par prudence,
Avec constance,
Fuyez l'amour.

FABLE III.

LA COLOMBE ET LA TOURTERELLE.

Se plaignant de son sort, la colombe fidèle,
Confiait ses chagrins, ses craintes, ses soucis
   A la plaintive et tendre tourterelle :
Un barbare milan, dans sa fureur cruelle,
    Avait pris deux de ses petits !
Hélas ! s'écriait-elle, apprenez ma misère :
Pour comble de douleur, je crains, à chaque instant,
Qu'il ne m'enlève encor les deux que, maintenant,
   Nourrit leur malheureuse mère...
   Oubliant son propre danger,
Pour suivre uniquement sa bonté naturelle,
Celle qui, de l'amour est le parfait modèle,
Lui dit : venez chez moi, venez-vous y loger ;
   Je peux aisément protéger
   La mère et ses fils avec elle.
Dans mon nid, cet oiseau des vôtres le tyran,
N'osera, contre vous, jamais rien entreprendre,
   Et des atteintes du milan,
   Mon bec saura bien vous défendre.

Ah ! que puis-je espérer de vos bontés pour moi,
Répartit aussitôt la colombe éplorée,
N'êtes-vous pas aussi victime consacrée
Aux fureurs de ce monstre objet de mon effroi ?
De mes pressans dangers et de sa tyrannie,
Si quelqu'un peut encor, dans ce moment affreux,
    Pour jamais préserver ma vie,
Ce n'est qu'un oiseau fort, vaillant et généreux !
    Mais une triste et dure expérience
    M'apprend, hélas ! trop clairement,
    Que, si le faible est né compatissant,
La dureté souvent marche avec la puissance.

FABLE IV.

L'AVEUGLE ET LE BOITEUX.

    Deux voyageurs, à la marche tardive,
      L'un aveugle, l'autre boiteux,
Se trouvèrent un soir près d'un gué dangereux,
    Dans le dessein d'atteindre l'autre rive.
Je sais de bonne part, dit l'aveugle aussitôt,
Que ce gué n'est pas sûr, et que cette verdure,
Récèle dans son sein, au moins ou peu s'en faut,
    Pour nous quelque triste aventure.
Si l'on ne suit pas bien le juste fil de d'eau,
Et si, pour se conduire, on n'a que son caprice,
    On tombe au fond d'un précipice,
    Où, pour jamais, on trouve son tombeau.
N'y voyant pas du tout, je crois qu'il est fort sage

De ne point hasarder ce périlleux passage,
Dussé-je très-long-temps demeurer sur ce bord.
Le boiteux répondit : je n'ai pas davantage
De désir d'éprouver l'injustice du sort :
Moi, qui n'ai pour appui d'un corps faible et débile,
    Qu'une pauvre jambe de bois,
   Et qu'un chemin tant soit peu difficile,
    A fait broncher plus d'une fois.
Mais si vous le voulez, je pense toutefois,
Que d'arriver au but il nous sera facile :
Vos pieds sont excellens, et moi j'ai de bons yeux ;
   Sur votre dos, permettez que je monte ;
Je guiderai vos pas, nous irons beaucoup mieux :
    Il n'est rien que l'on ne surmonte,
Avec le bon vouloir et le secours des dieux.
L'aveugle se garda d'écarter cette aubaine ;
On les vit donc tous deux, dans le gué, s'engager ;
Et d'un commun accord exécuter sans peine,
Ce qu'un seul n'aurait pu faire sans grand danger.

   Entr'aidons-nous, c'est la loi de nature ;
Le bon homme l'a dit bien long-temps avant moi.
   Malheur, malheur à l'âme dure
Qui ne suivit jamais une si douce loi.

FABLE V.

LE COUCOU, LE ROSSIGNOL ET L'ANE.

Le coucou disputait au rossignol, un jour,
   Le prix du chant et de la mélodie,
   Et pour juger leur débat, sans retour,

Ils firent choix d'un roussin d'Arcadie...
   Quand le coucou , qui ne sait que deux mots,
Les eut bien répétés, puis répétés sans cesse ,
L'aimable rossignol fit redire aux échos
Ses sons mélodieux, ses chants pleins de mollesse,
Ses tons charmans remplis de grâce et de finesse,
Et qui peignent si bien ses plaisirs et ses maux.
A peine il finissait ses airs et sa cadence ,
    Espérant tout du jugement,
Que maître Aliboron prononça gravement ,
    Cette ridicule sentence :
« Le chant du rossignol n'exprime que fadeur ;
« Celui de son rival me plaît bien davantage :
« Sur ce donc au coucou j'accorde mon suffrage ,
« Et lui donne les prix destinés au vainqueur. »

    L'esprit de parti, l'ignorance ,
Reçoivent , bien souvent, la même impression ;
Mais l'une juge mal par trop peu de science ,
    L'autre par trop de passion.

FABLE VI.

LA FLEUR ET L'ORPHELINE.

Une fleur languissait , sans soin , abandonnée,
   Isolée au milieu des champs ,
   Et des maux les plus effrayans ,
Chaque jour sa jeunesse était environnée ,
   Lorsqu'un jardinier bienfaisant
   La transplanta dans son parterre ,
   Et , contre la pluie et le vent ,
Lui fournit un asile et frais et salutaire.
   Loin des troupeaux , loin des bergers ,

Loin d'une main trop indiscrète ,
Cette simple et douce fleurette ,
Vécut , sans crainte , à l'abri des dangers.
Aussi , bonne et reconnaissante ,
Toujours répandit-elle une suave odeur
Dans la retraite et paisible et charmante
Du jardinier , son bienfaiteur.
Ainsi que cette fleur , ô ! ma mère chérie ,
En naissant j'éprouvai les rigueurs du destin ,
Comme elle , sous un ciel d'airain ,
A regret , je reçus le flambeau de ma vie.
Mais bientôt le jour le plus beau
Remplaça des jours de tristesse ,
Ce fut , bonne maman , lorsque , sur mon berceau ,
Tu pus verser des pleurs d'amour et de tendresse.
Dès-lors , les noirs soucis , l'avenir menaçant ,
De la pauvre Kethly pour toujours s'éloignèrent ,
Et l'espoir , et des jeux le cortége riant ,
Près d'elle , à l'envi , se fixèrent.
De cette fleur , j'ai tous les sentimens ,
Bonne maman , tu peux le croire ,
Et jamais de tes soins touchans ,
Le cœur de ta Kethly ne perdra la mémoire.

FABLE VII.

LE MYRTE ET LE CHÊNE.

Un myrte nain était jaloux d'un chêne !
Que n'ai-je comme lui , disait cet envieux ,
Ce front noble , élevé , qui se perd dans les cieux ,
Et sa prestance souveraine !

Il se plaignait encor, lorsque de bûcherons
    Parut une troupe nombreuse;
Et celui qui portait une tête orgueilleuse,
Bientôt de ses débris joncha les environs.
Le myrte nain, témoin de son sort déplorable,
    S'écria : j'étais bien coupable
    De voir, avec quelque dépit,
    Une grandeur si périssable :
    Pour jouir d'un état durable,
    Il n'est tel que d'être petit.

Frappé du faux éclat d'une gloire importune,
Nous brûlons de sortir de notre obscurité;
Et nous ne voyons pas que jamais la fortune
Ne prit un plus grand soin de notre sûreté.

FABLE VIII.

LE LION ET LA CHÈVRE.

    Sur le plus haut point d'un rocher,
    Une chèvre s'était juchée,
    Et la voyant ainsi perchée,
Un lion, mais en vain, tenta d'en approcher.
Il lui conseilla donc de venir dans la plaine,
    Pays facile, pays plat,
Vous y pourrez trouver, lui dit-il, et sans peine,
Tout ce qui peut flatter votre goût délicat.
Partout, ajouta-t-il, une aimable verdure,
Et les branches du saule et de mille arbrisseaux,
    Qui naissent au bord des ruisseaux,

Vous offrent, à l'envi, la plus saine pâture.
    Très-volontiers, je le ferai,
    Lui dit la chèvre, avec finesse,
    Mais ce sera, je le confesse,
    Quand vous vous serez retiré.
    Beau sire, on connaît votre envie,
    Ainsi que votre bonne foi :
Vous ne prenez ici tant d'intérêt à moi,
    Que pour mieux m'arracher la vie.

Parfois, sous des dehors engageans et trompeurs,
Le plus vil intérêt se cache au fond de l'âme ;
Et tel que nous louons serait digne de blâme,
Si les dieux permettaient de lire dans les cœurs.

FABLE IX.

LE PLAISIR ET LA PEINE.

    Je suis l'idole des mortels,
    Disait le plaisir à la peine ;
    Partout s'élèvent mes autels,
    Le monde entier chérit ma chaîne.
    Que nos destins sont différens !
    On te fuit, et l'on me désire ;
    Après moi chaque cœur soupire ;
    Tu ne fais que des mécontens.
Il n'est point de banquets, point de fêtes nouvelles,
    Où l'on n'ait soin de m'inviter,
    Et pour tous ceux que tu viens visiter,

Le temps se traîne et n'a point d'ailes.
Enfin, vois quel est mon pouvoir,
J'inspire en tous lieux l'allégresse,
Tandis qu'il suffit de te voir,
Pour mourir d'ennui, de tristesse.
Cesse donc de suivre mes pas,
Car ta présence me dérange :
Laisse les hommes ici bas
Goûter le plaisir sans mélange.
Ingrat ! reprit la peine, ah ! connais ton erreur ;
Moi seule je soutiens ta fragile existence ;
Sans mon secours, et sans mon assistance,
On te verrait bientôt expirer de langueur.
Si je te suis avec constance,
C'est pour te protéger, c'est pour te soutenir :

« La peine accroît la jouissance,
« Et double le prix du plaisir. »

FABLE X.

L'ENFANT ET LE CULTIVATEUR.

Un jeune enfant, parcourait un matin,
D'un coteau varié les routes sinueuses,
En récoltant, sur son chemin,
Des fleurs nouvelles et nombreuses.
Moins fraîches pourtant que son teint....
Redoutez de ces lieux les grâces attrayantes,

Lui dit un villageois ; sur ce coteau voisin
    J'ai vu des bêtes malfaisantes
    Sous l'herbe cacher leur venin ;
    Et leur atteinte redoutable ,
    Qu'avec soin l'on doit prévenir ,
    Fait une blessure incurable
    Qu'aucun art ne saurait guérir ;
    Agissez donc avec prudence ;
Ne consultez pas trop vos penchans et vos vœux ,
Et méprisez , instruit par mon expérience ,
    Des agrémens si dangereux.
L'enfant fort effrayé , d'abord fut moins avide ;
On le vit , par la peur , un instant arrêté ;
Mais bientôt entraîné par sa cupidité ,
    Il reprit sa course rapide ,
Et parut même avoir plus d'intrépidité.
    Déjà , d'une main téméraire ,
    Le jeune et folâtre enfançon ,
    Cherchait au milieu d'un buisson
  La violette et fraîche et passagère ,
    Lorsqu'une méchante vipère ,
  Que , près de lui recelait le gazon ,
    Sur lui courut avec colère ,
    Et l'infecta de son poison.

La jeunesse toujours présomptueuse et folle ,
Suit , sans réflexion , une imprudente ardeur ;
Ne songeant point assez qu'un plaisir qui s'envole
    Après lui laisse la douleur.

FABLE XI.

LE CHÊNE ET LE LIERRE.

Un chêne fier et magnifique,
S'élevait au-dessus d'une vaste forêt,
Et sur son tronc noueux, certain lierre indiscret
Hardiment promenait son feuillage rustique ;
Celui-ci, le serrant d'un air doux et benin,
Lui dit : seigneur, craignez le trop grand voisinage
    De ces arbres ; car leur ombrage,
    M'a-t-on assuré, n'est pas sain....
Ils ne me nuisent point, répondit, en colère,
    Le chêne à cet officieux :
    Les seuls ici qui puissent me déplaire
Ce sont les indiscrets, ce sont les envieux.

FABLE XII.

LES VOLEURS ET LE COQ.

    Un coq, ravi par des voleurs
    Dans la cour d'une métairie,
Espérant les toucher et conserver sa vie,
De ses utiles soins, pour les agriculteurs,
Crut devoir leur donner la longue litanie :
Avant que le soleil ait doré les coteaux

J'annonce, leur dit-il, l'heure du labourage ;
C'est mon chant qui, partout, ranime le courage,
Et qui conduit gaîment aux rustiques travaux.
A ce pompeux discours, les voleurs répondirent :
    Mais c'est tout justement ce cas
Qui te rend, à nos yeux, très-digne du trépas ;
Seul tu brises le but où tous nos vœux aspirent.
    Sans ces chants bruyans et joyeux
Que tu nous fais ouïr long-temps avant l'aurore,
Nous pourrions aisément, par des larcins nombreux,
Tirer meilleur parti de nos talens encore.
    Sur ce, le plus méchant d'entr'eux,
    Pour terminer ce bavardage,
    Tordit, de son bras vigoureux,
    Le cou du chantre de village.

    On ne peut point en même temps,
Servir les gens de bien, et servir les méchans.

FABLE XIII.

LE SONGE DE L'ANE.

Un âne, un certain jour, dormait profondément ;
La preuve de ce fait n'est pas très-nécessaire ;
Chacun sait qu'un baudet se plaît à ne rien faire,
    Et qu'au sommeil il se livre aisément.
    Mais cet âne faisait un songe :
Il lui semblait que les dieux bienfaisans
Avaient, de tout son corps, changé les élémens,

Et qu'homme devenu (ce n'est point un mensonge),
Il en avait acquis les goûts et les penchans.
En effet, aussitôt dans l'ardeur qui l'anime,
Des ânes il devint persécuteur ardent,
Et sans se rappeler qu'il fut une victime,
Il les frappe et maltraite impitoyablement.
« Canaille, disait-il, race indocile et dure
    « Vils animaux, rebut de la nature,
« Que vous méritez bien votre sort rigoureux,
« Et que l'homme est vraiment à plaindre et malheu-
« D'avoir auprès de lui si laide créature. »   (reux,
Mais, tandis qu'en rêvant, messire Aliboron
    Raisonne avec tant d'impudence,
    Auprès de lui l'ânier s'avance,
Et l'éveille en sursaut à grands coups de bâton.

    Sans aller bien long-temps en quête,
On peut trouver des ânes à deux pieds;
Simples bourgeois, docteurs ou licenciés,
    Pour qui ma fable semble faite.

FABLE XIV.

LE NAIN ET LE GÉANT.

    Monté sur le dos d'un géant,
Un nain voyait plus loin que le géant lui-même;
De là le petit sot, d'un air impertinent,
En louant longuement son mérite suprême,
    De son soutien rabaissait le talent;

Sans mon secours, lui dit alors cet homme,
Ce qui fait ton orgueil s'écroulerait soudain ;
 Car tu n'es, ne seras en somme
 Jamais qu'un pauvre petit nain.

 Tel se croit un homme admirable
 Qui n'est au fond, le plus souvent,
Qu'un nain monté, comme dans cette fable,
 Sur les épaules d'un géant.

FABLE XV.

LE POMMIER DÉPOUILLÉ.

 Couvert de fruits délicieux,
 Un pommier fier de sa richesse,
 Jetait un regard dédaigneux
 Sur les arbres de son espèce.
J'ai des amis aussi sûrs que nombreux,
 Disait-il, dans sa folle ivresse ;
Car de me visiter seraient-ils curieux,
S'ils n'éprouvaient pour moi la plus vive tendresse.
En effet, on voyait à chaque instant du jour
Quelqu'un de la maison lui faire une visite ;
Moins pour rendre, il est vrai, justice à son mérite
 Que pour lui jouer quelque tour.
Enfin, avec l'été les beaux jours s'envolèrent
 Et l'arbre fut abandonné ;
Dépouillé de ces fruits dont il était orné
 Tous les courtisans s'éloignèrent.

Aux erreurs de l'orgueil , cessant d'être soumis ,
Il s'écria guidé , par son expérience :
« Quand j'étais riche , hélas ! je n'avais point d'amis ,
« Puisque je n'en ai plus tombé dans l'indigence. »

FABLE XVI.

LE BROCHET AMBITIEUX.

Sire brochet , tyran cruel et dur ,
Régnait jadis dans un fleuve rapide ,
Riche en poisson , et dont l'onde limpide ,
D'un ciel brillant , réfléchissait l'azur.
Mais indigné que deux étroites rives ,
Trop proches de chaque côté ,
Retinssent ses ondes captives
Et missent un obstacle à sa rapacité ,
Il s'écria : « je sens s'élever dans mon âme
« Des sentimens aussi nobles que beaux ;
« Et cédant au feu qui m'enflamme ,
« De mon empire étroit j'abandonne les eaux ;
« Je me souviens , si j'ai bonne mémoire ,
« Que don Saumon , illustre voyageur ,
« M'a dit plus d'une fois , et je dois bien le croire ,
« Que l'Océan était d'une immense grandeur.
« Eh bien ! je veux en faire la conquête ,
« Et joindre cet état à mes états divers.
« Les sujets effrayés du souverain des mers
« Oseront-ils me tenir tête ?
« Depuis long-temps ce n'est qu'un jeu pour moi
« D'asservir les poissons qui naissent dans ce fleuve ,

« Et mes nombreux succès sont une forte preuve,
   Que tout doit fléchir sous ma loi. »
Il dit : et sur le champ suivit à l'aventure
Un flot qui, vers la mer, le conduisit soudain ;
Mais, du fleuve, il touchait à peine l'embouchure,
   qu'il fut pris par un loup-marin.

Fatale ambition, dangereuse manie,
Tu nous ferais encor bien des maux plus cruels,
Si toujours nos projets, grâces aux immortels,
N'étaient accompagnés de beaucoup de folie.

FABLE XVII.

JUPITER ET LA FORTUNE.

On raconte qu'un jour le souverain des cieux,
Jupiter, affligé des cris de l'indigence,
Qui, non pas sans raison, se plaignait que les dieux
Avaient, aux riches seuls, accordé la puissance,
Les honneurs, les plaisirs, ainsi que l'abondance,
Résolut, par un don de sa munificence,
D'adoucir les rigueurs d'un sort si douloureux.
C'est trop vraiment, dit-il, de pouvoir, sans mesure,
Donner non-seulement couronne, dignité,
Mais encor le plaisir que, pour l'égalité,
   Semblait avoir fait la nature.
Fortune répondit : en m'ôtant le plaisir
Ma puissance sera bientôt anéantie !
Qui désormais, à moi, daignera recourir,

Si je ne puis offrir le doux miel de la vie?...
Eh bien! reprit Jupin, les plaisirs te suivront;
Tu le veux, j'y consens; je cède à ta prière.
Mais, telle est du destin, la volonté dernière :
Toujours à ton aspect les désirs *s'éteindront!!*
La déesse sourit, soupçonnant que le maître
Avait, dans ce moment, par trop bu de nectar;
Et fière d'un succès dont le sort lui fait part,
Elle pensa des siens assurer le bien-être. '
Croit-il me faire tort, dit-elle, ingénument,
En augmentant mes droits et ma prérogative?
Il faut être, ma foi, sans imaginative,
     pour agir si légèrement.
Plus que jamais, je dois me flatter de l'hommage
De tous ceux qu'ont séduits mes charmes attrayans,
Puisqu'à peine formés les vœux les plus ardens,
Jouiront aussitôt de l'immense avantage
De se voir exaucés dans les mêmes momens.

    Un chacun prévoit bien sans doute,
    Ce qui promptement arriva :
    L'expérience, en peu de temps, prouva
    Que la fortune n'y voit goutte.

FABLE XVIII.

LE CROCODILE ET LE RENARD.

    Devant maître renard,
Le crocodile altier vantait son origine;
Ma race, disait-il, serait presque divine;
Mes aïeux ont brillé jadis en maint hasard.

Enfin qu'on me respecte , et qu'on m'honore , car
Sur ce point là , je défends qu'on badine. —
Le renard , sans plus d'embarras ,
Répondit aussitôt à l'orgueilleuse bête :
De savoir d'où je viens , très-peu je m'inquiète,
Mais il m'importe fort de savoir où je vas.

FABLE XIX.

LES DEUX VOYAGEURS ET LE VOLEUR.

Deux voyageurs marchaient de compagnie ;
L'un d'eux trouve une bourse; elle était pleine d'or.
L'autre dit : donnez-m'en une part , je vous prie ;
Comme vous j'ai des droits , je pense, à ce trésor.
Des droits! eh! quels sont-ils, lui répondit notre homme,
Seul j'ai trouvé la bourse, elle n'est que pour moi ;
Et je ne connais point de loi
Qui m'ordonne avec vous de partager la somme ;
Mais tandis qu'il sourit, de son bonheur charmé,
Et, qu'à son compagnon , il refuse de rendre
Cette part à laquelle il a droit de prétendre ,
Survint un voleur bien armé.
Alors, le fortuné possesseur de la bourse ,
A son compagnon s'adressant ,
Lui dit : nous ne pouvons nous sauver par la course ,
Mais nous serons vainqueurs en nous réunissant !
Que m'importe, dit l'autre, et que peut-on me prendre?
Je suis sans un denier , je ne possède rien :
Mon ami , puisque seul vous avez tout le bien ,
C'est à vous seul de le défendre.

FABLE XX.

L'ÉCOLIER ET LE VER A SOIE

Un écolier, jeune, étourdi, léger,
Ennemi du travail, lisant le moins possible,
Appelait un cachot horrible,
La chambre où, pour le corriger,
L'avait mis certain maître à ses maux peu sensible.
Pour charmer son ennui, le petit paresseux
Ne crut point rencontrer une meilleure voie,
Un expédient plus heureux,
Que d'élever un ver à soie.
Mais le voyant s'envelopper,
Avec une fatigue extrême,
Dans un gros cocon, que lui-même
Avait filé pour s'occuper.
Insensé! lui dit-il, comme tu te démènes;
Que tout ce que tu fais montre peu de raison!
En vérité, peut-on se donner tant de peines
Pour se construire une prison!
Celui-ci répondit: « toujours chenille immonde,
Je serais, me livrant à tes conseils pervers;
Tandis qu'en travaillant, avant peu, dans les airs,
Papillon devenu, j'étonnerai le monde.

Jeunes gens! le savoir n'est un épouvantail
Que pour une âme basse, à la tourbe asservie,
Livrez-vous, croyez-moi, de bonne heure au travail,
Si vous ne voulez pas *ramper* toute la vie.

LIVRE CINQUIÈME.

FABLE PREMIÈRE.

LE CHAT ET LE CIPRIN DORÉ.

Sur le bord d'un bassin avec art façonné,
Et qui voyait ses eaux fraîches et transparentes,
Répéter à l'envi mille fleurs ravissantes,
Dont une habile main l'avait environné,
.Des chats le plus fripon, aussi le plus aimable,
Assis tout près de là, dans l'humide miroir,
Contemplait, à loisir, sa figure agréable,
Sa moustache éclatante et son poil d'un beau noir ;
Mais, tandis qu'il sourit à sa mine traîtresse,
Que par un doux murmure il montre son plaisir,
Il croit dans le bassin, tout-à-coup découvrir,

9

De poisson singulier , une nouvelle espèce.
Lors redressant sa queue , et faisant le gros dos ,
Il dirige ses yeux , sa volonté puissante ,
Vers celui qui , couvert d'une écaille brillante ,
Sillonne lentement , mais fièrement les flots.
Ce chat qui , sous un air et sérieux et grave ,
Aux plus adroits , pourrait donner une leçon ,
Et dont les goûts jamais ne trouvèrent d'entrave ,
Désire sur le champ prendre ce beau poisson ;
Pensant qu'une enveloppe , et si rare et si belle ,
Et qui , par son éclat , éblouit tous les yeux ,
Doit renfermer un mets choisi , délicieux ,
Supérieur à tous ceux que l'Océan recelle... .
Cependant le poisson , ignorant son destin ,
En divers sens s'ébat , se joue et se promène ;
Le chat étend sa patte , ensuite la ramène ;
Dans l'eau plonge son ongle , et s'éloigne soudain.
Enfin , voisin du bord , et rasant la surface ,
Le ciprin , imprudent , reçut le coup fatal ;
Et le friand minet , s'en faisant un régal ,
De suite , près de lui , l'attire sur la place.
L'infortuné poisson , malade , languissant ,
Sur l'herbe se débat , s'agite , enfin expire ;
Le chat , sans plus tarder , de l'ongle le déchire ,
Et porte sur son dos une cruelle dent.
Mais lorsqu'il eût goûté de sa chair insipide ,
Qu'il supposait exquise et pleine de saveur ,
Devenu tout-à-coup moins ardent , moins avide ,
Il s'écrie aussitôt , quelle était mon erreur !
Je suis dupe aujourd'hui d'une grossière amorce ;
Désormais je croirai le proverbe qui dit :
« Il ne faut point juger l'arbre sur son écorce ,
« Le fruit sur sa couleur , l'homme sur son habit. »

FABLE II.

LA PIE ET LES OISEAUX.

Du coin de l'œil une pie aperçut ,
    Certain coucou caché sous le feuillage ,
Et , prenant son essor , dans les airs disparut ,
D'un épervier croyant entrevoir le plumage.
    Des oiseaux qui se trouvaient là ,
    Témoins de sa terreur panique ,
    Aussitôt lui firent la nique ,
Et de son grand courage un chacun lui parla.
    J'aime bien mieux , répondit-elle ,
    Vous faire rire à mes dépens ,
Que si , mes beaux messieurs , par une dent cruelle ,
J'avais porté le deuil au cœur de mes parens.

    Biens des gens , ainsi que la pie ,
    Pensent que la honte n'est rien ,
    Que la gloire , et même le bien ,
    Valent un peu moins que la vie.

FABLE III.

LE CHASSEUR , LE PIGEON RAMIER ET LA CORNEILLE.

Un chasseur , d'une adresse à nulle autre pareille ,
    Tendait son arc et visait un ramier ;
Pourquoi restes-tu là , lui dit une corneille .

Tu n'es pas sûrement perché sur ce cormier.
　Ah fuis , crois-moi , cette flèche cruelle ,
　　Qui , sur toi , le trépas appelle ,
Et cours , sans plus tarder , dans le fond du hallier.
Je la vois bien ; tu n'as besoin de me le dire ,
Répondit celui-ci , mais pourquoi me presser ?
　　Le chasseur à lui la retire ,
　　Bien loin de m'en vouloir percer.
Tandis que cette erreur , si follement le berce ,
Et que , sans aucun soin , folâtre l'imprudent ,
　　La flèche part , vole , le perce ,
　　Et l'étend mort au même instant.

　　J'ai vu parfois la médisance
　　Réprimer ses traits à dessein ;
Mais c'était pour frapper avec plus d'assurance ,
　　Et produire un mal plus certain.

FABLE IV.

LA CHOUETTE , LA CORNEILLE ET LES OISEAUX.

Il faisait jour encor , quand certaine chouette ,
　A l'air maussade , au regard de travers ,
　Osa quitter son obscure retraite
　Et s'élever dans le vague des airs.
A l'instant , les oiseaux accoururent en foule
　　Pour voir cet oiseau ténébreux ;
　　Tous gazouillaient à qui mieux-mieux.
Ce peuple me choisit sûrement pour sa reine ,
　　Dit , à part soi , notre sot animal ;

Ces chants sont un honneur sublime , sans égal ,
Qu'ils rendent à leur souveraine.
Sur ce , de crever dans sa peau ,
De se carrer , de faire des grimaces ,
En croyant se donner des graces ,
Et de trancher du bel oiseau.
Une charitable corneille ,
Qui comprit sa grossière erreur ,
Lui dit : cesse de croire à ce rêve trompeur ;
Bien loin qu'on veuille ici te rendre aucun honneur,
Et te considérer comme une autre merveille ,
Chacun te voit d'un air moqueur.

Les sots , flattés d'un plaisanterie ,
Prennent pour un éloge , et pour un compliment ,
Ce que l'on ne dit bien souvent
Que par esprit de raillerie.

FABLE V.

LE MARCHAND SÉDENTAIRE ET LES COLPORTEURS.

Certain marchand , très-bien achalandé ,
Vivait paisible et seul au milieu d'un village ;
Il vendait à prix fixe , et sans nul verbiage ,
Aussi son drap jamais n'était-il marchandé.
Pour lui tout allait bien, quand une grosse troupe
De colporteurs , gens experts et retors ,
Vint à passer ; aussitôt on s'attroupe

Près du nouveau venu. Ce marchand eut des torts :
   On prétendit que son drap était mince,
     Mal tissu, de fausse couleur,
   Et qu'il avait, jusqu'alors, dans l'erreur
   Entretenu le peuple et la province.
   On lui soutint que le blanc était noir,
Qu'il devait, dans le feu, jeter sa marchandise ;
Et, comme il répondit avec trop de franchise,
     Peu s'en fallut que dans la crise,
On ne le fît descendre au lugubre manoir.

Le monde est vieux, mais il n'est pas plus sage :
Des nouveautés toujours nous sommes éblouis.
Voulez-vous être cru? mettez-vous en voyage :
   Nul n'est prophète en son pays.

FABLE VI.

LE PASSANT, OU LE BOULANGER ET LE CHAUDRONNIER.

   L'autre jour, entre un boulanger
   Et son voisin le chaudronnier,
   Survint une querelle vive :
Il s'agissait des droits, de la prérogative,
   De l'honneur du métier.
On s'échauffait : lorsqu'un homme fort sage
Qui, par hasard, passait au même instant,
Leur dit : ah! mes amis, pourquoi tant de tapage?
Oubliez, croyez-moi, votre ressentiment ;

L'homme à l'homme est nécessaire ;
Seul, tous ses efforts sont vains ;
Et chacun est tributaire
Des talens de son voisin.
A vivre unis je vous invite ;
Car si l'un de vous, quand j'ai faim,
Pour ma soupe, donne le pain,
L'autre me fournit la marmite.

●

FABLE VII.

LE CHAT ET LE FROMAGE.

Un villageois qui dans sa cave avait
Un fromage excellent et du plus gras laitage
S'aperçut bientôt du dommage
Qu'un rat, trop friand, lui causait.
Croyant agir en homme sage,
Et terminer ce brigandage,
Il mit, dans sa cave, un gros chat ;
Mais lorsqu'il eut tué le rat,
Le coquin mangea le fromage.

Pour éviter un coup fatal,
Des fripons n'implorez point l'aide ;
Car, loin de vous offrir un prompt et sûr remède,
Ils aggraveront votre mal.

FABLE VIII.

LA TORTUE ET L'AIGLE.

L'aigle fut une fois prié par la tortue
De lui montrer comment dans l'air on peut voler ;
Celui-ci répondit : à parcourir la nue
 Les dieux jamais n'ont pu vous appeler ;
  Croyez-moi, ma bonne commère,
  Heureuse d'aller terre-à-terre,
  Craignez de trop vous élever.
 La tortue assez mécontente,
Et ne redoutant point une chûte pesante,
Soutint qu'elle pourrait aisément tout braver.
  La saisissant donc dans ses serres,
  Le noble oiseau de Jupiter,
Dans le brillant séjour qu'habitent les tonnerres,
  S'empressa de la transporter.
 Mais elle était à peine parvenue
 Dans ces hauts lieux qu'un dieu puissant orna ;
Sur tant d'éclat à peine elle portait la vue,
Qu'à ses tristes destins l'aigle l'abandonna ;
Alors à découvert elle vit sa misère ;
  Et ne trouvant où s'accrocher,
  Elle tomba sur un rocher
  Et se brisa comme du verre.

  Ne dédaignez point les avis
  Des hommes prudens, raisonnables :
Pour ne les avoir pas strictement suivis,
Que de gens ont péri souffrans et misérables.

FABLE IX.

LE SOLEIL ET LA CHOUETTE.

Ne pouvant du soleil soutenir la lumière,
La chouette insultait cet astre radieux.
Pourquoi, dit celui-ci, poursuivant sa carrière,
M'accuser de tes maux ? La cause est dans tes yeux.

En chouettes, ce siècle abonde ;
Force gens ont un cri pareil ;
Mais, malgré leurs clameurs, semblables au soleil,
Les savans éclairent le monde.

FABLE X.

LE PÊCHEUR.

Un pêcheur fort adroit avait tendu, dit-on,
Ses filets dans une rivière ;
Et pour mieux réussir, armé d'un long bâton,
Il soulevait sans cesse une bourbe grossière.
Quelqu'un lui demanda pourquoi,
De cette onde, il troublait ainsi la transparence,
Et pourquoi, des poissons, forçant la résidence,
Il les agitait tous, et de crainte et d'effroi?

Je prends , répondit-il , en ce moment pour guides ,
    Et l'intérêt et la raison ,
Ne voulant point , ce soir , rentrer à la maison ,
    Sans pêche aucune et les mains vides.
    Je suis assuré du succès
    En troublant cette onde si pure :
Forcés , n'y voyant point , d'errer à l'aventure ,
D'eux-mêmes, les poissons, viendront dans mes filets.

    On reconnaît ici les hommes qui , sans cesse ,
        Vivent au sein des factions,
    Et pour qui la discorde et les divisions
        Sont une source de richesse.

FABLE XI.

LE CORBEAU ET LE CYGNE.

Un corbeau qui s'aimait , sans avoir de rivaux ,
(D'un semblable travers la sottise est bien digne),
    Se crut vraiment plus beau qu'un cygne
Qui , près de là , jouait au milieu des roseaux.
    Pour mieux comparer son plumage
    Avec celui de cet oiseau ,
Bien sûr de l'emporter , notre orgueilleux corbeau
    Vient se placer sur le rivage ;
Alors , il étala , dans un grand apparat ,
Sa couleur d'un beau noir, qu'il pensait séduisante ;
Mais du cygne, ô douleur ! la blancheur ravissante,
    N'en brilla qu'avec plus d'éclat.

Souvent la sotte jalousie ,
Sans le vouloir, parvient à rehausser
Le mérite d'autrui que , dans sa frénésie ,
Elle cherchait à rabaisser.

FABLE XII.

L'ARABE ET LE DIAMANT.

Un Arabe , égaré dans un vaste désert ,
Errait depuis deux jours , privé de nourriture ;
Et succombant enfin à sa triste aventure ,
Il voyait de la mort l'affreux gouffre entr'ouvert.
Quand passant tout auprès d'une de ces citernes ,
Qui se trouvent parfois dans ces sauvages lieux ,
Et que les musulmans , exacts , religieux ,
    Même dans nos siècles modernes ,
Pour leurs ablutions , et leurs devoirs pieux ,
    De rencontrer sont toujours trop heureux ,
        Aperçut une poche pleine :
    « Allah ! dit-il , voilà certainement ,
    « Pour ma faim , une bonne aubaine ,
    « Et quelque doux soulagement. »
        Il l'ouvrit donc avec empressement :
        Mais ô ! douleur vive et soudaine !
        Il n'y trouva qu'un très-gros diamant.

        L'à-propos seul séduit et flatte ;
Que faire avec des biens qui ne conviennent plus ?
L'Arabe eût préféré , dans ce cas , une datte ,
        A tous les trésors de Crésus.

FABLE XIII.

LA JARDINIÈRE ET L'ABEILLE.

D'un air vif et pleine d'ardeur,
Voltigeait, sans relâche, une abeille légère,
Avec grand soin, cherchant sur chaque fleur,
    Un nectar pur et salutaire.
    Petite abeille que fais-tu?
La prenant sur le fait, lui dit la jardinière :
Crains le poison caché sous la fleur printanière ;
Toutes les fleurs n'ont pas une égale vertu !
    Je le sais bien reprit l'abeille,
Mais je n'ai point à craindre une fatale erreur :
Ainsi que de la rose, odorante et vermeille,
J'extrais de l'aconit une douce liqueur.

Celui qui, dans ses vœux, prend la raison pour guide,
N'a pas à redouter un écueil dangereux ;
Comme l'abeille, il sait tirer un miel limpide,
Des sucs les plus amers et les plus dangereux.

FABLE XIV.

LE HÉRISSON ET LA TAUPE.

Pour se mettre à l'abri d'un hiver rigoureux,
    Le hérisson, animal paresseux,
Fit à la taupe, un jour, la demande indiscrète,

Dans le fond de son trou de lui donner retraite,
    Pour tout au plus un mois ou deux.
La taupe y consentit sans nulle répugnance ;
Mais une fois admis, ce piquant animal,
Ne pouvant se mouvoir sans lui faire du mal,
Elle vit, mais trop tard, toute son imprudence.
Alors, elle pria l'importun hérisson
    De déloger, de sortir au plus vite,
    En lui disant, franchement, sans façon,
Que, pour deux, sa logette était un peu petite.
    Mais celui-ci, se trouvant bien,
    Lui répondit, sans plus ample entretien :
Vous pouvez, j'y consens, chercher un autre gîte ;
    Quant à moi, je n'en ferai rien.

    En aucun temps, il n'est prudent, ni sage,
        De recevoir, au sein de son foyer,
Celui qu'on ne pourra, s'il cause du dommage,
        A sa volonté renvoyer.

FABLE XV.

L'ANESSE ET SON ANON.

Un ânon folâtrait, courait sur la verdure,
Foulant d'un pied léger les gazons et les fleurs ;
Et sa vivacité, sa grâce, sa tournure,
En ajoutant encor un charme à sa figure,
Lui faisaient prodiguer mille éloges flatteurs.
Sa mère, près de là, de plaisir transportée,

S'applaudissait de le voir si parfait ;
Et de son cher bijou, follement entêtée,
Elle ne doutait point que, par l'amour domptée,
Chaque ânesse, pour lui, ne souffrît en secret.
Mais le temps, à l'ânon, fit sentir sa puissance ;
Il grandit, il perdit ces airs vifs et joyeux ;
Il devint âne enfin, et tout semblable à ceux
    Auxquels il devait la naissance.

Pour un peu de finesse et quelques agrémens,
O mère ! ne crois point ton fils incomparable :
    Avec l'âge, bien des enfans
Eprouvent même sort que l'âne de la fable.

FABLE XVI,

LES QUATRE TAUREAUX ET LE LION.

Quatre taureaux, par un hasard heureux,
Habitans d'une même et riante prairie,
    Arrêtèrent que chacun d'eux
Défendrait ses amis au péril de sa vie.
Un lion, les voyant paître ainsi réunis,
N'osa les attaquer, malgré sa faim extrême.
Mais, ayant eu recours à quelque stratagême,
Il parvint à troubler l'accord des quatre amis.
Les bœufs, ainsi privés d'un nœud qui les rassemble,
N'opposent au lion qu'un effort impuissant ;
Et ceux qu'il n'avait pu vaincre et soumettre ensemble
    Furent mangés séparément.

Heureux le peuple oublié , mais paisible ,
Qui , de ses lois , jamais ne brise les ressorts !
La discorde affaiblit les états les plus forts ;
L'union rend toujours le plus faible invincible.

FABLE XVII.

LE MOUCHERON ET LE TAUREAU.

Sur la corne d'un fort taureau ,
Qui paissait dans un pré rempli d'herbes nouvelles ,
Un petit moucheron vint reposer ses ailes ;
Et, comme si son corps était un lourd fardeau ,
Il lui dit ; mon ami , si mon poids t'importune ,
Parle , j'irai plus loin promener ma fortune :
Je ne veux point , sur toi , par force , être reçu.
Pauvre petit ! ton orgueil t'a déçu ,
Répondit le taureau ; ne te mets point en peine :
Ta présence si peu me gêne ,
Que je ne m'en étais nullement aperçu.

On rit du moucheron , et sans être plus sages ,
De l'orgueil , tous les jours , nous écoutons la voix ;
Combien ne voit-on pas de petits personnages
Qui voudraient qu'on les prît pour des hommes de
(poids.

FABLE XVIII.

LE RENARD ET LA POULE.

Un renard tourmenté d'une faim dévorante,
    Etant entré dans certain poulailler,
N'y trouva qu'une poule, et maigre et languissante,
Hors d'état de s'enfuir, et même de crier.
Ma chère sœur, dit-il, seriez-vous donc malade?
Oui, répondit la poule, avec un air piteux;
Mais si vous me quittez, je crois, mon camarade,
    Que, sur le champ, je serai mieux.

    N'attendez point un bon office,
Dè qui vit aux dépens du sang des malheureux;
Si les méchans, aux bons, peuvent rendre service,
    C'est toujours en s'éloignant d'eux.

FABLE XIX.

L'ICTÉRIQUE OU L'HOMME QUI A LA JAUNISSE.

Un homme atteint de la jaunisse,
Très-sérieusement croyait,
Que chaque chose qu'il voyait
En couleur jaune se teignait.

Voici de la nature un bizarre caprice,
    S'écria-t-il, que tout est laid....
    Une personne charitable
    Crut qu'il fallait lui découvrir
Que c'était, de son mal, l'effet inévitable,
    Et qu'il serait très-convenable
    Au médecin de recourir...
Je vous trouve vraiment un plaisant personnage,
    Reprit-il, d'un air furieux,
    D'oser ici lutter contre le témoignage
    Que je tire de mes deux yeux.
    C'est parler contre l'évidence :
Oui, c'est de la raison, blesser toutes les lois,
    Que de me nier l'existence
De tout ce que je sens, de tout ce que je vois.
Allez, tous vos motifs ne valent pas les nôtres ;
En avis, mon ami, vous n'êtes pas heureux.
Une autre fois, avant de conseiller les autres,
    Apprenez à voir un peu mieux.

Les erreurs de nos sens mènent à l'injustice ;
Nous devons résister à leurs impressions :
Car, lorsque nous jugeons d'après nos passions,
Nous sommes plus ou moins atteints de la jaunisse.

FABLE XX.

LE RENARD ET LE CORBEAU.

Certain renard, à jeun depuis long-temps, rôdait
    Autour des bourgs et des villages,
    Des poulaillers, des héritages,

Sans pouvoir attraper le plus petit poulet.
        Sa faim pourtant égalait sa misère !
Vaincu par le besoin , et maudissant son sort ,
Morne , silencieux , il s'étendit par terre ,
Plaçant tout son espoir dans une prompte mort....
Tandis qu'en cet état on eût dit : il expire !
Arrive un noir corbeau , de cadavre amateur ,
        Croyant déjà d'un mort sentir l'odeur , .
        Sur lui s'abat , le pique et le déchire.
Alors notre renard , à point se ranimant ,
Happe mons du corbeau , dans ses pattes l'enlace ,
Et malgré sa peau noire et sa chair coriace ,
        Il le dévore au même instant.

    La fortune parfois donne avec brusquerie
    Ce que d'elle sans fruit on eût sollicité ;
    Et le hasard souvent fait ce que l'industrie ,
    Le travail et la ruse en vain auraient tenté.

LIVRE SIXIÈME.

FABLE PREMIÈRE.

LE SOLEIL , LA MONTAGNE ET LA VALLÉE.

Un mont dont la tête pelée
S'élevait presque jusqu'aux cieux ,
Comparait ses destins à ceux d'une vallée ,
Et promenait sur elle un regard dédaigneux.
Pour jamais, disait–il , au mépris condamnée ,
Son sort est de traîner obscurément ses jours ;
En vérité , je plains sa destinée ;
Que ne puis-je en changer le cours !
Brillant au-dessus d'un nuage ,
Le soleil l'entendit de son char radieux ,
Et, voulant abaisser ce ton présomptueux ,
Il lui tint , dit–on , ce langage :

« Insensé ! quelle est ton erreur !
« Qu'as-tu , dis-moi , qui puisse plaire ?
« En vain de ton sommet tu vantes la hauteur ;
« Les monstres seuls y trouvent un repaire ,
« Et chacun te proclame un séjour plein d'horreur.
   « Cette humble vallée , au contraire ,
   « Qu'entourent d'épaisses forêts ,
  « Doit se féliciter , et bénir à jamais
   « Son état modeste et prospère.
   « De toute part , mille ruisseaux
« Répandent dans son sein l'abondance et la vie ,
« Et j'aperçois partout de superbes troupeaux ,
   « Qui paissent une herbe fleurie.
   « Bien plus , sur ces coteaux rians ,
   « Je vois le plaisir et l'aisance ;
« Et , de tous ces hameaux , les heureux habitans ,
  « En son honneur font entendre des chants
   « D'amour et de reconnaissance. »

   A tort , la folle vanité
Fait briller à nos yeux une gloire futile ;
   Une importante vérité :
   C'est qu'on n'estime que l'utile.

FABLE II.

L'ENFANT ET LES DEUX TONNEAUX.

Un jeune enfant , aimant à boire ,
Descendit au fond d'un caveau ,
Et frappa du doigt un tonneau

Qui, plein, répondit peu, comme on peut bien le croire;
  Sur cela , le petit garçon
  Conclut qu'il devait être vide ,
  Et sitôt , d'une main avide ,
  Il attaque un autre tierçon.
Mais , de la même erreur , il fut victime encore ;
  Ce tonneau vide , absolument ,
  Répondit par un bruit sonore
  Qu'il prit pour un bruit excellent ;
  Et , novice en ivrognerie ,
Sur-le-champ l'étourdi tourna le robinet ,
Brûlant de s'abreuver de la liqueur chérie ,
Dont il croyait déjà savourer le bouquet.
  Mais , comme aisément on s'en doute ,
 Notre marmot tomba d'étonnement ,
En voyant qu'il tournait bien inutilement ,
Et qu'il n'obtenait pas seulement une goutte.

  Méfiez-vous d'un grand parleur ,
Qui , sur tous les sujets , de parler est avide ;
  Car , ressemblant au tonneau vide ,
Il ne contient pas plus d'esprit que de liqueur.

FABLE III.

LA PIE , LA CORNEILLE ET LE VAUTOUR.

Pour se venger d'une pauvre corneille ,
  Margot la pie , un certain jour ,
  Voyant que messire vautour ,
D'une santé brillante , à nulle autre pareille ,
Eprouvait de la faim le rapide retour ,

Lui dit : connaissez-vous cette beauté divine,
Dont le nid est placé non loin de ces ormeaux,
Ma très-appétissante et très-tendre voisine,
Cette corneille enfin, dont l'attrayante mine,
Fait soupirer d'amour tous nos jeunes oiseaux?
Ses petits sont aussi délicats, admirables;
De leur mère ce sont les portraits véritables.
Mais ce qui, franchement, pourra vous étonner,
     C'est que la ponte et la couvée,
Bien loin de la maigrir, bien loin de la faner,
Semblent l'avoir rendue encor plus potelée.
Je la hais, j'en conviens, le fait est constaté,
Mais, à mes ennemis, je sais rendre justice;
Et jamais, non jamais, par haine, ou par malice,
Margot ne trahira la pure vérité.
Cet éloge, au vautour, paraissant très-sincère,
Augmenta de beaucoup ses désirs et sa faim;
Si bien que, vers le nid, se dirigeant soudain,
Il dévora les fils, et puis encore la mère.

     Craignez l'éloge du méchant,
Sa langue à vous louer serait moins attentive;
     Si sa haine, jamais captive,
Pouvait vous nuire en vous calomniant.

FABLE IV.

LE RENARD, L'ANE ET LE LION.

Dans les sombres horreurs d'une forêt profonde,
L'âne, avec le renard, certain soir, s'enfonça;
Ils espéraient, tous deux, attraper à la ronde,

Au moins tout le gibier que le sort y plaça.
En courant, tout-à-coup, le renard, sur sa route,
Rencontre un fier lion, agité, rugissant ;
Et croyant se tirer du malheur qu'il redoute,
Il s'engage à livrer l'âne au même moment.
    Demandant pour tout privilège,
    De sauver ses jours seulement.
    Le lion, sans peine, y consent,
Et le renard conduit son ami dans le piège.
Mais le lion, voyant que maître Aliboron,
Ne peut, pour s'échapper, user d'aucune adresse,
Tombe sur le renard, le mord, le met en pièce,
Puis après, pour dessert, mange son compagnon.

    Tel est le sort inévitable
    Qui menace tout délateur ;
Tôt ou tard il devient victime misérable,
    Du mal dont il fut l'inventeur.

FABLE V.

LE RENARD ET LE HÉRISSON.

    Devant le hérisson, le renard se vantait
    De posséder plus de cent tours d'adresse,
    Et soit par ruse ou par finesse,
De pouvoir échapper à qui l'attaquerait.
    Pour moi, dit avec modestie,
Le hérisson, je n'ai qu'un moyen pour appui ;
    Franchement je vous le confie,
Le renard aussitôt de se moquer de lui....

Mais ils causaient encor lorsque des chiens de chasse,
Attirés par l'odeur et l'ardeur du butin,
Et, très-accoutumés aux tours de passe-passe,
Parurent, tout-à-coup, sur le coteau voisin.
Le hérisson, prudent, recourt à son moyen ;
Il roule sur lui-même en formant une boule ;
Et de ses ennemis, qui paraissent en foule,
Ses piquans, très-nombreux, le défendent si bien,
    Que, pour l'atteindre et le surprendre,
Vainement tous les chiens se liguent, sont d'accord,
Et qu'ils furent, enfin, obligés de suspendre
    Un inutile et vain effort.
Libre, le hérisson chercha son camarade ;
Mais il le vit au loin, par les chiens, poursuivi,
    Traînant le pied, souffrant, malade,
Et déjà, par le sort, sous le joug asservi.
Voilà donc, se dit-il, où tant de tours d'adresse,
Ont conduit aujourd'hui mon pauvre compagnon ?
    « Mieux vaut cent fois, je le confesse,
    « N'en avoir qu'un, mais qu'il soit bon. »

FABLE VI.

LE PAPILLON ET LA COLOMBE,

(Fable allégorique, pour un mariage).

Un papillon, tout fier de sa parure,
A la colombe exaltait son destin ;
Je suis, lui disait-il, l'honneur de la nature,
    Mon pouvoir est presque divin :
    Sous diverses métamorphoses,

Je sais me montrer tour à tour,
Et je ne fais jamais ma cour
Qu'aux fleurs les plus fraîches écloses.
Volant de plaisir en plaisir,
Rien ne fixe mon cœur volage ;
Et si, d'aimer, je n'ai pas l'avantage,
Chaque moment, du moins, satisfait un désir.
Que je vous plains, lui dit la colombe timide,
Vous suivez un sentier trompeur :
Des plaisirs, l'amorce perfide
Ne conduit jamais au bonheur.
Imprudent papillon, l'amour vrai n'a point d'ailes ;
Croyez-moi, renoncez à vos égaremens ;
Oui, le bonheur est pour les cœurs fidèles ;
Sa seule image est pour les inconstans.

Jeunes époux, sous cette allégorie,
Reconnaissez le vœu de vos amis ;
De la colombe, en suivant les avis,
Vous saurez éviter les chagrins de la vie.

FABLE VII.

LE DEVIN.

Un prétendu devin, prédisait l'avenir
Aux habitans d'une très-grande ville ;
Quand, tout-à-coup, quelqu'un vint l'avertir
Qu'au sein de sa maison, un voleur, fort habile,
Ayant su pénétrer d'une façon subtile,

Avait dérobé tout, avant que de partir.
Notre homme de courir d'une vitesse extrême !
Mais un des assistans, en l'arrêtant, lui dit :
Nous ne devons point croire à ce qu'on nous prédit,
Quand le devin ne peut se prévenir lui-même.

Cette fable convient assez bien aujourd'hui
A ceux qui, sans raisons, sans motifs nécessaires,
      Négligent leurs propres affaires
      Pour songer à celles d'autrui.

FABLE VIII.

LES DEUX COQS.

Pour décider celui qui, d'un fort grand état,
D'un fumier, resterait le possesseur et maître,
Deux coqs comme jamais on n'en verra peut-être,
Se livrèrent un jour un horrible combat.
Le vaincu, tout confus, honteux de sa défaite,
Alla cacher sa peine en un lieu retiré ;
Tandis que le vainqueur, de sa gloire enivré,
      Pour mieux célébrer sa conquête,
      Vint aussitôt se placer sur le faîte
De l'arbre le plus haut et le mieux entouré.
   Mais, au moment que, d'une voix aiguë,
Il chante sa victoire, et brave les revers,
         Un aigle, du haut de la nue,
         En un clin d'œil, sur lui, se rue,
         Et l'emporte au milieu des airs.

L'autre, de ce malheur, sentant tout l'avantage,
Reparaît sur le champ, revient sur son fumier,
Et comme un souverain, savoure sans partage
Les délices du poulailler.

FABLE IX.

LE CERF ET SON FAON.

Les chiens sont bien moins grands et bien moins forts
Disait un jeune cerf, s'adressant à son père; (que vous,
Et votre front couvert d'une armure légère,
Vous permet de braver leurs dents et leur courroux.
     Pourquoi donc paraissez-vous craindre
Ces chiens que vous pouvez repousser aisément ?
Oh! mon fils, répondit le vieux cerf à l'instant,
Tu rappelles ma honte ; en vain je voudrais feindre,
Je ne puis te cacher ce qui fait mon tourment :
Je souhaiterais pouvoir montrer plus d'assurance ;
Mais sitôt que j'entends quelques chiens aboyer,
Il faut que, malgré moi, vers le bois je m'élance,
Au risque d'être pris, ou de me fourvoyer.

     Au lâche que tout épouvante,
  Bien vainement on veut donner du cœur :
     C'est une vérité constante
Que la raison jamais n'a guéri de la peur.

FABLE X.

LE SINGE, L'ANE ET LA TAUPE.

De n'avoir point de queue un singe se plaignait ;
Un âne, toutefois bonne et paisible bête,
'Aussi, de son côté, vivement regrettait
     D'être sans cornes à la tête ;
Une taupe, entendant de semblables discours,
Leur dit : « Ingrats ! cessez cet insolent murmure ;
« En me voyant aveugle et presque sans secours,
« Comment osez-vous bien accuser la nature ? »

Pour nous trouver heureux, du riche, du puissant,
Ne considérons point le faste et l'opulence ;
Mais portons nos regards sur celui qui, souffrant,
Traîne, dans le malheur, sa pénible existence.

FABLE XI.

L'ARAIGNÉE, LE MOUCHERON ET LA GUÊPE.

Où le faible périt, le puissant se dégage ;
De vous le démontrer ce sera mon ouvrage :
Au milieu d'un jardin, élégamment orné
     L'une des filles d'Arachné,
L'araignée, avec art, avait tendu sa toile
     Et c'était sur ce faible voile
     Qu'elle fondait l'espoir de son dîné.

En effet , en volant , avec étourderie ,
Un moucheron se prit presqu'au même moment ;
Et malgré ses efforts et sa criaillerie ,
Elle allait le croquer impitoyablement ,
    Quand , tout-à-coup , une guêpe dorée ,
Qu'attirait dans ce lieu quelque joli bouton ,
        Comme une franche évaporée ,
Vint partager le sort du pauvre moucheron
Et courir le danger d'être aussi dévorée.
Mais de se dégager et sortir d'embarras ,
        Ce fut pour elle chose aisée ;
    En un clin-d'œil la toile fut brisée ,
Et la guêpe à l'abri des craintes du trépas.
        Témoin de cette heureuse audace ,
Le moucheron tente un nouvel effort ;
Pour se soustraire aux horreurs de la mort ,
        Il n'est rien que chacun ne fasse.
Enfin , pour échapper à l'animal vorace ,
Voyant ses soins , ses cris , ses travaux impuissans ,
    De l'araignée il implore sa grace ,
        Et prend l'habit des supplians.
        Mais celle-ci , dans son langage ,
        En le croquant , lui répondit ,
Rappelle-toi le proverbe qui dit :
Où le faible périt , le puissant se dégage.

FABLE XII.

LA TOILE D'ARAIGNÉE.

Un homme riche avait commis
Une faute très-punissable ,
Mais avec de l'or , des amis ,

Il sauva sa tête coupable
De la vengeance de Thémis.
Se fondant sur cette indulgence ,
Un pauvre homme à son tour tenta de l'imiter ,
Ne doutant point qu'on ne dût apporter
Pour lui la même déférence.
Un sage alors lui dit : connaissez , en deux mots ,
Quel sera votre sort funeste :
L'araignée en ses rets prend divers animaux ;
Mais ainsi qu'autrefois , en certain tribunaux ,
La guêpe fuit , la mouche reste.

FABLE XIII.

LE CHAPON.

Un certain campagnard aimait avec ivresse
Un chapon de sa basse-cour ,
Et , bien que l'animal manquât de gentillesse ,
Qu'il fût sot , imbécile et lourd ,
Il n'en était pas moins l'objet de son amour.
Tant l'admiration est facile à surprendre ,
Tant nous pouvons facilement errer
Sur le compte de ceux qu'un sentiment trop tendre
Nous porte à toujours admirer.
Bien plus , dans l'erreur qui le flatte ,
Notre homme fut même assez fou ,
Pour lui suspendre au long du cou
Un beau ruban de couleur écarlate.
Le chapon , fier de ce rare ornement ,
Dont il croyait tenir une grace nouvelle ,
Vint dans la basse-cour , d'un air de conquérant ,

Se pavaner, jouer de la prunelle,
Et promener un regard méprisant.
Mais ne pouvant souffrir une telle arrogance,
Ses anciens compagnons se jetèrent sur lui.
Et comme il n'avait point son maître pour appui,
Mons l'orgueilleux fut rossé d'importance.

Les marques de gloire et d'honneur
En sont vraiment d'ignominie,
Pour celui qui, traînant obscurément sa vie,
Ne fit preuve jamais d'esprit ni de valeur.

FABLE XIV.

L'ANE ET LE RUISSEAU.

Un âne, se trouvant sur le bord d'un ruisseau,
Aperçut des chardons placés sur l'autre rive;
Il eût, pour les manger, fait quelque tentative,
Bien que ce mets, pour lui, ne fût pas très-nouveau;
Mais le poltron n'osa se confier à l'eau.
Ce ruisseau cependant n'était pas très-rapide:
Les flots roulaient tranquillement,
Et l'onde brillante et limpide
Laissait apercevoir un sable étincelant.
Sans doute le roussin craignit certainement
Que si, par aventure, il tentait le passage,
Et s'il plaçait son pied dans l'onde imprudemment,
Il ne lui survînt à l'instant
Tous les maux que l'on peut éprouver en voyage.
Il donna donc aux eaux le temps de s'écouler,
Comptant après d'un saut atteindre le rivage,

Et pouvoir à son gré librement étaler,
Cet appétit brillant, si fort à son usage ;
 Il attendit, et même si long-temps,
  Que ses forces l'abandonnèrent,
  Et de ses membres languissans
  Insensiblement s'éloignèrent.
Alors, mourant de faim, franchement il voulut
Atteindre l'autre bord, et gagner de vitesse ;
Mais il perdit son temps : la vase et sa faiblesse
Ne lui permirent pas d'arriver jusqu'au but.

User de l'à-propos, est le point nécessaire,
Pour qui de réussir a quelqu'ambition :
  En différant ce qu'on peut faire,
  On perd souvent l'occasion.

FABLE XV.

LE SINGE DEVANT UN PORTRAIT.

Un singe, par hasard, vit le portrait charmant
  D'un chef-d'œuvre de la nature ;
Qui donc s'est avisé de joindre à ma figure,
  Dit-il, un si riche ornement,
  Et tous ces habits en peinture ?
  Car, certes c'est bien mon portrait
  Que l'artiste a désiré peindre !
Voici mon front, mes yeux; en vain je voudrais feindre;
  Je me reconnais trait pour trait....
 Quelqu'un, témoin d'un si sot bavardage,
Voulant humilier l'orgueil de l'impudent,

Lui mit devant les yeux un miroir, en disant :
    Voyez si c'est bien votre image ?
    Mais notre magot, irrité,
Jura que tout ceci n'était qu'une imposture,
    Et que, dans cette conjoncture,
Le miroir était loin d'offrir la vérité.

De toutes nos erreurs l'amour-propre est la cause,
Près de lui la raison est sans autorité ;
A de graves chagrins l'homme pourtant s'expose
Lorsqu'il ne prend conseil que de sa vanité.

FABLE XVI.

LE PERROQUET.

    Un homme de très-haut parage
    Avait acheté chèrement
    Un perroquet, au beau plumage,
    Bien gros, bien gras, bien éloquent.
Mais ne pouvant le panser en personne,
A son valet de chambre, il en remit le soin ;
Celui-ci, sur-le-champ, au jardinier le donne,
    Le jardinier au portier l'abandonne
    Et le portier le jette dans un coin.
    Enfin, en dernière analyse,
    La pauvre bête fut remise
    A certain laquais fainéant,
    Renommé par sa gourmandise,
Et qui du perroquet s'occupait rarement.
    Souvent privé de manger et de boire,

Le front baissé, le ventre plat,
On l'entendit gémir, si l'on en croit l'histoire,
Et pleurer son premier état.
Que mon sort, disait-il, était plus agréable
Sous l'humble toit que j'ai perdu,
Mon ancien maître, homme doux et traitable,
A me panser était fort assidu,
Et m'offrait chaque jour quelque mets délectable.
Je n'avais, il est vrai, que lui pour me servir,
Mais il était sans négligence;
Aujourd'hui que je suis au sein de l'opulence,
Que, d'un bonheur parfait, Jacquot devrait jouir,
J'éprouve tous les maux qui suivent l'indigence.
Chargés de satisfaire à mon moindre besoin,
Mille laquais ici m'environnent sans cesse,
Mais ces maudits coquins, plongés dans la paresse,
Me font, hélas! mourir de faim.

L'excès ne mène point au but que l'on espère;
Et parmi nos Crésus, parmi nos grands seigneurs,
Le plus mal servi, d'ordinaire,
Compte le plus de serviteurs.

FABLE XVII.

LE PÊCHEUR ET LE THON.

Gémissant sur sa destinée,
Un pêcheur avait, sans succès,
Durant une longue journée,
A la mer jeté ses filets;

Enfin, il gagnait le rivage
Tristement, lorsqu'il vit un thon,
Poursuivi par un gros poisson,
Dans sa barque, avec grand tapage,
Se précipiter sans façon.
Sur ce présent ne comptant guère,
Il s'écria, le trouvant de son goût :
En peu de temps, fortune tu fais faire,
Ce dont un long travail n'a pu venir à bout.

FABLE XVIII.

L'ÉTHIOPIEN.

Un mari se plaignait, et non pas sans raison,
De ce que sa moitié, bavarde intarissable,
Lui rendait de l'hymen le joug insupportable
Et le forçait souvent à quitter la maison.
Vainement, disait-il, j'ai mis tout en usage,
Pour, chez elle, calmer l'ardeur de discourir ;
Nul moyen, jusqu'ici, n'a pu me réussir ;
    Rien n'arrête son bavardage.
Esope le voyant se lamenter ainsi,
Et voulant soulager sa douleur infinie,
    Lui raconta la fable que voici :
        Un esclave d'Ethiopie,
        Par un quidam, fut acheté ;
Celui-ci, d'une erreur follement entêté
        Et de sa couleur rembrunie,
N'accusant seulement que sa malpropreté,

Sans plus tarder et sans relâche,
S'imposa la pénible tâche,
De laver l'africain du haut jusques en bas ;
Mais, accablé sous le poids de sa peine,
Sans perdre sa couleur d'ébène,
L'esclave vit bientôt les portes du trépas.

Nul n'a pu se soustraire encore
Aux lois que la nature a su nous imposer ;
Et le vouloir c'est vraiment s'efforcer
De blanchir la tête d'un more.

FABLE XIX.

LA MAUVAISE ROUTE ET LE PROPRIÉTAIRE.

Près d'un château, de très-riche apparence,
Passait un grand chemin royal,
Qui, par malice ou négligence,
Offrait, à très-peu de distance,
Un précipice aux voyageurs fatal.
Aussi, s'écartait-on de la route ordinaire ;
L'un passait par le champ voisin ;
L'autre brisait la haie, en s'ouvrant un chemin :
Tous nuisaient au propriétaire.
Celui-ci s'en plaignait, non sans quelque raison,
Et ses valets, Frontin, Sain-Jean, Champagne,
Attaquaient les passans à grands coups de bâton,
Même à coup de fusil, dit-on,
Et peut-être aussi de canon.
La consternation régnait dans la campagne !

Le mal allait toujours croissant ;
Le sang avait coulé dans certaine rencontre ;
Quand un autre Esope passant ,
Leur dit : « Le tort n'est pas d'un côté seulement ,
« En peu de mots je le démontre :
« A vous , seigneur , premièrement ;
« Croyez-vous qu'une fusillade
« Soit un bien solide argument ,
« Et , qu'aisément , il persuade?
« Coup de sabre , coup de fusil
« Ne peuvent convaincre personne ;
« Et , pour le deviner , si peu que l'on raisonne ,
« Il faut être très-peu subtil ;
« C'est un moyen sûr , au contraire ,
« Pour troubler l'ordre et l'accord entre nous ,
« Suspendre le travail au pauvre nécessaire ,
« Et gendarmer tous les cœurs contre vous.
« Ah ! c'est une bien triste gloire ,
« Que d'avoir de pareil succès ;
« Et l'on doit pleurer la victoire
« Acquise au prix du sang français.
« *Plus fait douceur que violence* ,
« Le bon La Fontaine l'a dit ;
« Et , dans le cœur de notre humaine engeance ,
« Ce très-beau précepte est écrit.
« Voyons, n'avez-vous rien sur le cœur qui vous blesse?
« Avez-vous bien rempli tous vos engagemens?
« D'abord , n'aviez-vous pas à tous fait la promesse
« De réparer la route à vos frais et dépens ?
« Et pourquoi donc , au lieu de l'entreprendre ,
« Avez-vous aggravé le mal et le danger ,
« En creusant ce chemin, bien loin de vous entendre ,
« Sous prétexte de l'arranger ?
« Hâtez-vous , croyez-moi , comblez ce précipice ;

12

« Rendez la route encor meilleure qu'autrefois ;
« Et chacun à l'envi , d'une commune voix ,
     « S'empressera de vous rendre justice....
« Et vous , présentement , messieurs les voyageurs ,
   « Qui , sans respect pour ce bel héritage ,
« Brisez le blé des champs, foulez aux pieds l'herbage,
     « Comme feraient des malfaiteurs ,
   « Est-ce bien là ce que vous deviez faire ?
   « Et pouviez-vous , ainsi que de vrais fous ,
« Pour éviter un mal passager, temporaire ,
« Oublier le devoir le plus sacré de tous ?
« C'est vouloir contre soi tous les propriétaires,
     « Qu'attaquer la propriété ;
« Vous étiez insensés , vous étiez téméraires
« De croire en combattant trouver l'impunité.
     « L'homme ne devient point esclave ,
   « De la justice en écoutant la voix ;
« Heureux celui qui ne connaît d'entrave
     Que celle qu'imposent les lois. »

FABLE XX.

LE LOUP ET LE PORC-ÉPIC.

Un loup, à jeun , rencontre un porc-épic ;
Mais le voyant couvert de pointes menaçantes,
Le brigand crut prudent de prendre du répic ,
Ne jugeant point encor ses forces suffisantes.
   Il usa donc du moyen que voici :
« Aurais-tu , lui dit-il , quelque chose à débattre ?
« On le croirait vraiment en te voyant ainsi,

« Armé comme un soldat qui ne veut que combattre.

« Pourtant on vit toujours les plus braves guerriers

  « Volontiers mettre bas les armes,

« En chassant de leur cœur les soucis, les alarmes.

« D'ailleurs, que peux-tu craindre en cet heureux mo-

                                    (ment ?

« Le dieu Mars ne fait plus entendre son tonnerre ,

  « Et l'aimable paix , sur la terre ,

« Répand , dans tous les lieux , un doux ravissement.

« Quitte , tu feras bien , cette incommode armure ;

« Elle doit accabler tes membres délicats ;

    « Et , de plus , elle ne plaît pas

« A ceux qui , comme moi , n'aiment pas la piqûre. »

  Le porc-épic reprit : « Elle me plaît à moi ;

    « Parce qu'il est de la prudence

    « D'être toujours en défiance

    « Contre des méchans tels que toi. »

    Tant qu'on peut craindre la colère

  D'un ennemi puissant et dangereux ,

    La méfiance est salutaire :

L'homme bien averti , comme on dit , en vaut deux.

———

LIVRE SEPTIÈME.

FABLE PREMIÈRE.

LES DEUX PASSEREAUX OU LE MARIAGE A LA MODE.

Sur les flancs ombragés d'une verte colline,
Qui voyait à ses pieds serpenter un ruisseau ,
S'élevaient réunis le chêne et l'aube-épine,
Dont le feuillage vert se courbait en berceau.
Là , le chantre des bois , d'une note plaintive ,
Célébrait ses plaisirs , ses peines., son amour ;
Et les doux tourtereaux , et la linotte active
Apprenaient leur bonheur aux échos d'alentour.
Ici vivaient aussi , sous cet épais feuillage ,
Deux jeunes passereaux , s'aimant bien tendrement ;
L'amour seul gouvernait un si charmant ménage ,

Et jamais l'un sans l'autre ils n'étaient un moment.
En ces tendres amans la volonté suprême
Avait mis même esprit, même goût, mêmes vœux ;
Si l'un fendait les airs, l'autre suivait de même,
Et le même rameau les recevait tous deux.
Même épis, mêmes eaux les rassemblaient encore.
Dans leurs chansons d'amour, dans leurs joyeux con-
Sans-cesse ils répétaient : je *t'aime*, je *t'adore;*   (certs
Leurs feux devaient braver la rigueur des hivers.
La nuit dans un vieux tronc, ou sous l'ombre d'un chêne,
Ensemble ils attendaient l'astre brillant du jour ;
Et sans aucun lien, libres de toute chaîne,
Bien qu'ils pussent former de nouvelles amours,
Exempts de noirs chagrins, de soucis et de peine,
Ils n'avaient d'autre but que de s'aimer toujours.
Mais, hélas ! du destin la faveur est trompeuse !
Les plaisirs en fuyant nous laissent les regrets...
Un jour qu'ils se livraient à leur flamme amoureuse,
Un barbare oiseleur les prit dans ses filets :
Ainsi Vénus la belle et le dieu du carnage
Furent pris lorsqu'amour enivrait tous leurs sens.
On plaça nos moineaux dans une étroite cage,
Où, tous deux, ils devaient passer leurs plus beaux ans..
Mais voici de tes coups, ô ! bizarre fortune !
Ceux qui libres s'aimaient s'abhorrent enchaînés,
Et par deux sentimens tour à tour entraînés
Ce qu'ils désiraient tant, blesse et les importune ;
Un si petit réduit ne peut les contenir ;
L'amour les unissait, le dégoût les sépare ;
Ils ont soif de leur sang dans leur fureur barbare ;
Et la haine remplace un plus doux avenir.
Pour mettre enfin un terme à cette longue guerre
Il fallut prudemment chacun les séparer.

Cette fable aisément suffit pour démontrer,
Des unions du jour l'effet trop ordinaire ;
Non de ces doux liens de raison et d'amour,
Mais de ceux que produit un sentiment volage.
Mortels ! songez avant que l'hymen vous engage,
Que vous allez fixer vos destins sans retour.
   L'hymen a ses douceurs et sa douleur amère,
M'y connaissant un peu, très-franchement je dis :
     Que pour l'homme il est sur la terre,
      Ou l'enfer ou le paradis.

FABLE II.

LE CHÊNE ET LE RENARD.

     Durant une nuit orageuse,
     Un vent du nord impétueux
Déployait les fureurs de sa rage fougueuse,
     Contre un chêne majestueux ;
     Dans cette déplorable lutte,
L'arbre succombe enfin ; et l'on vit ses rameaux
     Couvrir au loin mille arbrisseaux,
     Qu'il écrasa tous dans sa chute.
     Quelques jours après un renard
     Dont la tanière était voisine,
     Dit, en se tenant à l'écart :
Quel arbre ! sa grandeur était presque divine.

     D'un grand homme tel est le sort ;
     On ne connaît tout son mérite
Que lorsque, franchissant les rives du cocite,
Il place ses lauriers sous la faulx de la mort.

FABLE III.

LES ROSES.

Dans un jardin paré de mille fleurs nouvelles ,
Deux roses étalaient à l'envi leurs appas ;
   Toutes les deux quoique fraîches et belles
     Pourtant ne se ressemblaient pas.
     L'une de la pourpre éclatante
      Avait emprunté la couleur ,
     L'autre , par sa vive blancheur ,
   Comme la neige , était éblouissante.
La première prenant un air fier , dédaigneux ,
Dit à la rose blanche : « En vérité , ma mie ,
« Je ris de votre sotte et ridicule envie ,
« En étant près de moi , de charmer tous les yeux.
« Voyez donc ma fraîcheur, mon coloris, mes charmes;
« Nulle fleur en ces lieux ne prétend m'égaler ;
« Sitôt que je parais toutes rendent les armes ;
« Pourquoi me forcez-vous à vous le rappeler.
« Un peu moins de jactance et plus de modestie ,
« Répondit aussitôt l'autre rose à sa sœur :
« Vous avez , je l'avoue , une vive couleur ;
« Vous brillez d'un éclat que , certes, j'apprécie ,
« Mais craignez du soleil une trop forte ardeur ;
   « Trop de beauté peut vous être funeste ;
« Je suis bien moins que vous exposée au danger;
« La plus grande chaleur ne saurait me changer ,
   « Et toujours ma blancheur me reste. »
  Cette discussion n'était près de finir ,
Quand un joli bouton se mit de la partie ,
   Sa couleur était mi-partie ,

Et dans son sein le rose au blanc venait s'unir.
Votre uniformité, dit-il, est monotone,
Et nul certainement n'en doit être jaloux,
  Seul, je présente en ma personne
  De quoi contenter tous les goûts.
Avec plaisir, sur moi le regard se repose ;
Et de vos deux couleurs offrant le doux accord,
En naissant je reçus et des dieux et du sort,
L'aimable nom de *blanche et rose* (1)

  Pour réussir dans la société,
  On doit savoir en homme habile,
Changer, selon le cas, et de ton et de style ;
L'ennui naquit un jour de l'uniformité.

FABLE IV.

LE LAPIN ET LE CHASSEUR.

Jeannot, lapin joyeux et satisfait,
  Heureux de jouir de la vie,
  Et la panse amplement remplie
  D'origan et de serpolet,
Sautait, courait, donnait de l'exercice
  A son petit corps, quand le bruit
D'un cheval au galop, par un homme conduit,
L'effraya tellement, qu'il jugea très-propice
De chercher un refuge au fond de son réduit.
Mais le cheval ayant poursuivi son voyage,
  Jeannot-lapin reconnut son erreur,
  Et revenu de sa frayeur

(1) Rosa versicolor, ou panachée, ou alba-rosa.

Il retourna de suite au pâturage.
　　Peu d'instants après, un chasseur,
　　Adroit, et plein d'expérience,
Vint à lui doucement, dans un profond silence,
Comme à peu près pourrait faire un voleur ;
De cet homme, dit-il, oh ! je n'ai rien à craindre,
En lui, rien ne pourrait m'inspirer de l'effroi ;
Son naturel est doux, il ne veut point m'atteindre,
Même on dirait qu'il tremble et qu'il a peur de moi ;
Pourtant jamais, je crois, je n'effrayai personne ;
　　Je ne suis pas fameux par ma valeur...
Mais tandis qu'il se livre à ce calme trompeur,
Et que le malheureux babille et déraisonne,
Cet homme, si paisible, avance et ne dit mot ;
　　Et bientôt, cruelle disgrace !
Lâche un coup de fusil sur le pauvre Jeannot,
　　Et le couche mort sur la place.

　　Pour prévenir un mal léger,
　　Un mal parfois même impossible,
　　L'homme ne veut rien négliger ;
Tandis que, bien souvent, il paraît insensible
　　A l'aspect du plus grand danger.

FABLE V.

LE CHIEN ET LA FAUVETTE.

Un pauvre chien, que des méchans
Avaient jeté dans la rivière,
Buvant, nageant, fît de manière
Qu'il atteignit le bord sans fâcheux accident.

Il touchait à peine la plage
   Qu'il vit grand nombre d'habitans
Accourir près de lui , portant des alimens
Propres à ranimer sa force et son courage ;
Mais , loin d'être sensible à ces soins obligeans ,
Et de se réjouir d'un si bon voisinage ,
Ce chien se mit à fuir , tout en grinçant des dents.
   Une jeune et vive fauvette ,
Qui vit , d'un vieil ormeau, tout ce qui se passait ,
Lui dit : « Y pense-tu ! Quoi ! malheureuse bête ,
   « Tu te plains du bien qu'on te fait ,
   « Et tu fuis celui qu'on t'apprête ?
   « En vérité , sans peine l'on croirait
   « Que tes malheurs t'ont fait perdre la tête. »
Celui-ci répondit : « Appelle-moi brutal ,
« Ingrat , sans jugement , et rempli d'ineptie ,
« J'y consens ; mais depuis que j'ai reçu la vie ,
   « Les hommes m'ont fait tant de mal ,
   « Que , des meilleurs, je me défie. »

L'homme qui fut long-temps courbé sous le malheur,
Croit difficilement au bien qu'on veut lui faire ;
   Aigri , froissé par la douleur ,
   Il ne peut penser sur la terre
   Qu'il existe encor un bon cœur.

FABLE VI.

LE VAISSEAU ET LE PILOTE.

Un vaisseau , qui portait un fort lourd chargement ,
   Dit au pilote , homme habile et prudent :
   De ces vergues, de ces cordages,

De ces agrès et de leurs équipages,
   Débarrasse-moi promptement.
Si tu le fais, je te tiendrai pour sage ;
Car je suis sûr qu'alors, durant tout le voyage,
   Nous voguerons plus aisément.
Insensé ! que dis-tu? que désires-tu faire ?
Répondit le pilote ; Ah ! tu ne sais donc pas
Que ce qui, dans ce jour, te semble un embarras,
Est ce qui, justement, t'est le plus nécessaire.

De la raison souvent on dédaigne la voix ;
Le joug le plus léger paraît insupportable ;
Cependant il n'est point d'état plus misérable,
De sort plus rigoureux, que de vivre sans lois.

FABLE VII.

LE HIBOU ET LE COQ.

Le hibou, qui ne vit qu'au milieu des ténèbres,
Soutenait que la lune avait plus de clarté,
   Plus d'éclat et plus de beauté
Que le soleil, vainqueur des nuits les plus funèbres.
Cet oiseau, dont le chant nous annonce le jour,
Lui dit : « Puisque les dieux ainsi t'ont donné l'être,
« Sauve-toi promptement vers ton obscur séjour,
« La lune s'obscurcit, le soleil va paraître. »

L'innocence n'a point un moyen plus puissant
   Pour repousser la calomnie,
Que de se présenter sans crainte et franchement,
   En disant : *Connaissez ma vie !*

FABLE VIII.

LES LOIRS ET LE HÊTRE.

Des loirs trouvaient , près d'un hêtre fort vieux ,
    Le couvert et la nourriture ,
De faines , c'est-à-dire , une ample fourniture ,
Et logement commode en son tronc caverneux.
    Mais leur invincible paresse ,
Ne pouvant supporter cette sujétion ,
    De descendre et monter sans cesse ,
    Pour avoir leur provision ;
    Les ingrats , entr'eux , complotèrent
    D'abattre , d'un commun accord ,
    Celui dont les fruits les sauvèrent
    De la disette et de la mort.
    Ils se mirent donc à l'ouvrage ;
    Et , travaillant avec courage ,
    En un clin-d'œil tout fut en train ;
Etant surtout aidés des vents et de l'orage.
On vit en peu de temps , gisant sur le terrain ,
Leur père nourricier , celui dont le feuillage ,
Naguère leur offrait un asile certain.....
    Les loirs mangent d'abord , sans peine ,
Les faines qu'a produits l'arbre si maltraité ,
Et chacun d'eux se livre , en pleine liberté ,
    Au doux sentiment qui l'entraîne.
Mais lorsque tous ces fruits touchèrent à leur fin ,
Au repas le plus mince il fallut se réduire ;
Et le hêtre abattu , ne pouvant plus produire ,
    Tous les loirs moururent de faim.

Nous devons aimer qui nous aime ,
C'est une loi du créateur ;
Mais c'est, surtout, nuire à soi-même ,
Que de nuire à son bienfaiteur.

FABLE IX.

LE BOEUF ET LE CHEVAL.

Dans une vaste et riante prairie ,
Des bœufs qu'on engraissait travaillaient de leur mieux
A se donner cette santé fleurie ,
Cet embonpoint , objet de tous les vœux
Du maître de la bergerie.
L'un d'eux , toutefois , éprouvant
Ce dégoût , cet ennui que produit l'abondance ,
S'avisa de chercher sur les bords d'un étang ,
Pour son appétit languissant ,
Un remède qu'eût mieux procuré l'abstinence.
Mais à peine a-t-il sur le bord
Mis le pied , que le poids de sa masse l'entraîne ,
Et malgré le plus grand effort ,
Jusques au fond de la vase le mène ,
Faisant planer sur lui les ombres de la mort.
Témoins des mouvemens et des soins inutiles
Qu'il se donne pour fuir et pour se dégager ,
Les autres bœufs restent tranquilles ,
Sans penser à le soulager.
Mais, tandis que ceux-ci se montrent insensibles ,
Qu'ils ne sont point touchés de son destin fatal ,
Un pauvre malheureux cheval ,

Excédé de travaux continuels et pénibles ,
  Accourt pour alléger son mal.
 Avec ses pieds, il écarte la vase ;
  Il la pousse , et fait tant et tant ,
Que l'infortuné bœuf est libre en un instant.
Plein de reconnaissance , et jusque dans l'extase :
Ah ! que ne dois-je point à vos soins obligeans ,
Lui dit-il aussitôt ; quels motifs , je vous prie ,
A pu vous engager à me sauver la vie !
Lorsque j'étais trahi par mes propres parens !
Le cheval répondit : Mon cher ami , vos proches
Nagent dans l'abondance , en goûtent la douceur ,
  Au lieu , qu'instruit par le malheur ,
Des malheureux , jamais , je n'ai fui les approches.

FABLE X.

LE SANGLIER ET LA BICHE.

 Çontre un roc dur et sourcilleux ,
 Un sanglier aiguisait ses défenses.
Une biche le vit : dis-moi ce que tu penses
D'agir ainsi , quand tout , par un destin heureux ,
  Lui cria-t-elle , est tranquille en ces lieux ?
Regarde autour de toi , rien n'inspire d'alarmes ;
Nous goûtons à loisir les charmes de la paix !...
— Ce n'est pas sans raison que j'aiguise mes armes ,
Repart le sanglier ; j'évite des regrets....
Lorsque les ennemis menacent la frontière ,
  Il n'est plus temps de songer au combat ;
 « pour maintenir la paix , toujours un bon soldat
  « Doit être prêt à commencer la guerre. »

FABLE XI.

LA BONNE FOI DU LOUP.

Un loup pris dans un trou, pour sortir d'embarras,
Promit de ne manger de viande de sa vie ;
Oui, de l'herbe, dit-il, qui croît dans la prairie,
Ou de quelques poissons, je ferai mes repas ;
Il en fit le serment d'une voix suppliante.
Mais en s'en retournant dans le fond de ses bois, .
Il vit certain cochon dans une eau croupissante.
Oh ! c'est bien un poisson, dit notre fin matois,
Et je puis, sans scrupule, à ma faim dévorante,
   Me livrer encor une fois.
Là-dessus maître loup, avec grande prestesse,
  S'abandonnant à son instinct brutal,
   Attaque, d'une dent traîtresse,
   Le pauvre et rustique animal.

Nous ne manquons jamais de prétexte et d'adresse
  Quand nous voulons faire le mal.

FABLE XII.

LE PAYSAGE ET LA COLOMBE.

  Une colombe vit un charmant paysage
   Habilement peint sur un mur :
C'était d'arbres épars le séduisant ombrage
Laissant du plus beau ciel apercevoir l'azur ;

C'était d'un clair ruisseau le tranquille rivage ,
Offrant , pour le sommeil , l'asile le plus sûr.
    Celle-ci , par la soif pressée ,
Vers cet appât trompeur vole rapidement ,
        Et se frappe , tête baissée ,
        Contre le mur très-rudement.
    De sa chute toute froissée ,
        Et traînant l'aile , en se plaignant ,
Elle s'écrie alors : avec plus de prudence ,
        J'eusse évité ce piége qui séduit :
Mais que d'hommes , hélas! qu'une fausse apparence,
Comme moi , bien souvent , à leur perte a conduit.

FABLE XIII.

LE CHIEN ET SON MAÎTRE.

Un chien s'était enfui du logis de son maître.
Au bout de quelque temps , cet homme le trouva ,
    Et fortement sa conduite improuva ,
Parce que , sans raison , il quittait son bien-être.
J'en conviens , répondit le chien au même instant :
Vous fûtes en tous temps un maître incomparable ;
    Vous me traitiez avec ménagement :
Hélas ! que vos valets n'en faisaient-ils autant ?
    Mon sort eût été délectable !
    Mais , du matin jusques au soir ,
Ils me rouaient de coups , et , pauvre créature ,
    En me privant de nourriture ,
    Ils me mettaient au désespoir.

J'ai donc été forcé de fuir tant de misère ,
Non pas pour me soustraire au mal que vous faisiez ,
Mais pour braver celui que vous autorisiez ,
En ne défendant pas aux autres de le faire.

Lorsque , d'un mal , prévoyant bien l'effet ,
On peut en préserver un pauvre misérable ,
En ne l'empêchant pas , on est aussi coupable ,
Au moins , que celui qui l'a fait.

FABLE XIV.

LE VER LUISANT ET LE ROSSIGNOL.

Un rossignol , perché sur un noble laurier ,
    Par des chants remplis d'harmonie ,
Qu'il tirait avec art de son charmant gosier ,
Egayait et la nuit et sa monotonie ;
Quand certain vermisseau , qu'on nomme ver luisant,
Fier des faibles lueurs qu'il projetait dans l'ombre ,
Se mit à se vanter , en se plaçant au nombre
De tout ce que la terre offre de plus brillant.
Le rossignol lui fit cette leçon fort bonne :
« Tu brilles , il est vrai , de certaine clarté ,
« Mais tu ne devrais pas en tirer vanité ;
« Car c'est grâce à la nuit qui partout t'environne.
« Attends que , du soleil , le suprême pouvoir ,
« Rende à tous les objets leur couleur véritable ,
    « Alors , sans peine , on pourra voir
« Que tu n'es qu'un insecte et vil et méprisable. »

On voit encor de notre temps ,
De petits vermisseaux , de minces vers de terre ,
Gonflés d'un sot orgueil , s'égaler à Voltaire ,
Pour quelque petits vers bien plats et bien méchans.

FABLE XV.

L'AUBÉPINE ET LE FIGUIER.

De ses brillantes fleurs , faisant grand étalage ,
L'aubépine , au printemps , sa beauté célébrait ,
Et de l'humble figuier hautement se moquait ;
Disant que son mérite était dans son feuillage....
Le figuier , en ces mots , réprima ce langage :
« La nature , il est vrai , m'a refusé des fleurs ,
« Ornemens passagers , dit-il , et périssables ,
« Mais attends que l'été ramène les chaleurs ,
« Et me couvre de fruits nombreux et délectables ;
« Alors , tu les verras sur les plus nobles tables ,
« Des riches recherchés, comme des grands seigneurs;
« Tandis que tes enfans , âcres et détestables ,
« Pour des oisillions seuls auront quelques valeurs.

Ne jugez point sur l'apparence ;
Car elle trompe bien souvent ,
Et tel qui promettait beaucoup dans son enfance ,
Ne fut, dans l'âge mûr , qu'un parfait ignorant.

FABLE XVI.

LE JARDINIER ET LA HAIE.

Oui , cette haie occupe assurément
   D'une façon fort inutile ,
   Une terre bonne et fertile ,
Dit , certain jardinier , un peu trop prévoyant ;
   Je veux , en l'arrachant ,
Donner à mon jardin beaucoup plus d'étendue ,
   Me procurer une plus belle vue ,
Et faire respirer mes arbres librement.
   Il dit et se met à l'ouvrage ;
   Abat la haie et ses brillantes fleurs ;
Mais , ainsi dégarni , son modeste héritage ,
   Fut à la merci des voleurs.

Trop de précaution est bien souvent contraire ,
   Et ne produit qu'un très-grand mal :
On s'expose parfois au sort le plus fatal ,
En voulant éviter une peine légère.

FABLE XVII.

LE CERF ET LE PÊCHEUR.

Un cerf se promenait sur le bord de la mer :
Je n'ai , dit-il , des flots sûrement rien à craindre ;
   De ce côté , nul ne pourrait m'atteindre.
De la terre mon sort ne paraît pas si clair !

Il porta donc, avec un soin extrême,
Tous ses regards de ce dernier côté ;
De quelqu'adroit chasseur, redoutant pour lui-même,
Et la flèche et l'habileté.
Cependant, un pêcheur s'avance,
Légèrement sur sa barque porté :
Il s'approche.... et d'un trait qu'il lance,
Atteint le pauvre cerf, dont plus de prévoyance
Eût maintenu la sûreté.

Il faut prêter à tout une oreille attentive ;
Rien n'est complètement indigne de nos soins :
Bien souvent le mal nous arrive
De l'endroit justement qu'on soupçonnait le moins.

FABLE XVIII.

LE VOYAGEUR ET LE FEU-FOLLET.

Un voyageur, surpris par une nuit profonde,
Errait au milieu d'un marais ;
Lorsqu'il vit, tout-à-coup, un de ces feux-follets
Que le vulgaire prend pour gens de l'autre monde,
Venus pour effrayer les vivans de plus près.
L'infortuné, prenant cette lumière,
Pour celle de quelque maison,
Où, sans doute, il aurait retraite hospitalière,
Jusqu'à ce que le jour éclaire l'horison,
Sans crainte, s'élance à sa suite,
Impatient de sortir de ces lieux ;
Mais, hélas ! l'imprudent court et se précipite,
Avec elle, en un gouffre affreux.

Nous cédons trop à l'apparence !
L'homme qui, franchement, cherche la vérité,
Ne doit point croire un fait, s'il n'est bien constaté
    par le temps et l'expérience.

FABLE XIX.

LA ROSE ET LE CHÊNE.

A MADAME *** (en lui envoyant une rose.)

On était dans ce temps où l'amour nous rappelle
    Dans les champs, sur le vert gazon ;
Et déjà l'on voyait la jeune pastourelle,
Conduisant son troupeau, chanter quelque chanson.
    Le doux printemps ranimait la nature :
Les fleurs et les oiseaux célébraient son retour,
Et le dieu des amans, caché sous la verdure,
    Méditait encor quelque tour....
Un chêne dans les airs portait sa tête altière,
Et des siècles sans nombre augmentaient sa fierté ;
    Non loin de lui, la rose printanière,
Voyait par le zéphir son feuillage agité.
    Belle, sans en être plus fière,
    Elle avait tous les dons de plaire ;
Mais rien ne charmait plus que sa simplicité.
A cette jeune fleur, qui plaît tant à Cythère,
Le chêne dit ces mots remplis de vanité :
    « Fragile fille de la terre,
  « Comment oses-tu bien te mettre auprès de moi ?
    « De tous les êtres je suis roi.

« Je porte dans les airs mon orgueilleuse cîme ;
« J'ai vu fuir loin de moi plus de trois cents hivers !
« Et sans craindre le dieu qui règne sur l'abîme ,
« Mes racines , mon tronc vont jusques aux enfers. »
    « Que voulez-vous , dit la modeste rose,
« Vous ne m'inspirez point des sentimens jaloux :
« Les dieux souvent nous font , dans leurs courroux ,
« Des dons qui de nos maux sont la première cause !
    « Je ne crains point les aquilons fougueux
    « Sous votre bienfaisant ombrage ,
    « Et chaque jour le papillon volage ,
    « Vient entr'ouvrir mon calice amoureux.
    « Que dis-je ? un plus beau sort peut-être
    « Sera le fruit de mon humilité !
    « J'ignore si l'amour ne m'a point donné l'être ,
        « Pour être offerte à la beauté.
        Cette fleur achevait à peine ,
Qu'on entendit , dans l'air , les tonnerres mugir :
L'aquilon furieux déracina le chêne ,
Et sur le sein d'*Irma* la rose vint mourir.

FABLE XX.

LE PETIT POISSON.

    Un petit poisson qu'on venait
    De placer dans la poêle à frire ,
Espérant éviter le sort qui l'attendait,
    Sauta dehors ; mais il s'en trouva pire ;
        Car le pauvret , mal averti ,
        Tomba dans une flamme ardente ,

Et n'ayant pas voulu , dans son huile bouillante ,
    Mourir frit , il mourut rôti.

Le mortel que poursuit la fortune cruelle ,
Vainement de ses coups cherche à se garantir ,
Son malheur est certain ; tout fléchit devant elle :
Il ne lui reste plus qu'à souffrir et mourir.

LIVRE HUITIÈME.

FABLE PREMIÈRE.

LA MORT ET LE MÉDECIN.

Lasse de promener sur les faibles humains
    Sa faulx terrible, inévitable,
La mort voulut un jour, devenant plus traitable,
    La déposer en d'autres mains.
Mais il fallait choisir un ministre fidèle,
    Connu déjà par son rare talent ;
Et la mort résolut d'assembler auprès d'elle,
Tous ceux qui prétendaient à ce poste éminent ;
Dès-lors on vit venir, des bornes de la terre,
Ces maux dont le nom seul fait frissonner d'horreur :
Sous l'escorte des cris, du deuil, de la misère,
Parut d'abord la peste, au souffle destructeur ;
On aperçut après l'effrayante étisie,

Triste, maigre, à l'œil cave, au regard douloureux,
Tous ceux qui, sous ses coups, avaient perdu la vie
    Formaient son cortége nombreux.
Dans un galant costume, arriva d'une course,
    Mais, boîteux, pâle et décharné,
Ce mal qui, du plaisir, empoisonne la source,
    Et qui, dit-on, en Amérique est né.
D'un ton libre et léger, d'une manière exquise,
Il fit à la française un gracieux salut....
    Mais de long-temps, je n'atteindrais le but,
Si de vous signaler, je formais l'entreprise,
Tous ceux dont ce beau jour éclaira le début.
Déjà, tous attendaient dans un profond silence,
    De la déesse, les décrets,
Lorsque, portant ses yeux sur cette foule immense,
La mort, avec douleur, s'aperçut de l'absence,
    Du plus chéri de ses sujets.
Faisant entendre alors sa voix faible et tremblante,
Il est trop vrai, dit-elle, on ne peut en douter,
Le mérite est modeste, et voudrait éviter
Les titres, les honneurs que ma main lui présente.
Mais de l'art médical, je sais les résultats :
    En vain et la peste et la guerre
    Cherchent à dépeupler la terre,
Sans lui je serais seule en mes vastes états ;
Je le déclare donc : avec obéissance,
    Soumettez-vous à son moindre signal ;
    Au médecin, je cède ma puissance ;
Il sera désormais ministre principal !

O vous ! qui pratiquez, d'un art bien salutaire,
    Et les préceptes et les lois,
    Ne vous mettez point en colère ;
    Sous cette enveloppe légère,

Nous parlons seulement des docteurs d'autrefois.
Car , de vous la vérité pure ,
C'est que , par le plus heureux sort ,
Bien loin d'être pour nous ministres de la mort
Vous êtes ceux de la nature.

FABLE II.

L'ANE ET LE CHEVAL.

Un coursier fier, impétueux ,
Agitant sa belle crinière ,
Venait de s'élancer dans la noble carrière ,
Pour obtenir le prix des jeux.
Déjà , par le cri de : *victoire !*
Le vainqueur était désigné ,
Et la trompette de la gloire ,
Pour l'annoncer, avait sonné ;
Quand , tout à coup , un roussin d'Arcadie
Qu'à nu montait un pauvre villageois ,
De disputer le prix , tout au moins une fois ,
Conçut la sotte fantaisie.
S'agitant donc , se cabrant bel et bien ,
Et voulant imiter ce qu'il avait vu faire ,
Son maître fut , en moins de rien ,
Rudement étendu par terre.

Le rustre un peu surpris de ce saut de mouton ,
Se releva fort en colère ,
Et lui fit bien connaître , à grands coup de bâton ,
Qu'il est toujours prudent de rester dans sa sphère.

FABLE III.

LA ROSE ET L'ŒILLET.

Au milieu d'un riant parterre ,
Brillaient des plus vives couleurs ,
La rose , le jasmin et tout ce que la terre
Renferme de plus belles fleurs.
Lorsqu'un œillet , tout fier de son petit mérite ,
Se mit à célébrer son éclat , sa fraîcheur ,
En disant qu'à lui seul appartenait l'honneur
D'être une fleur vraiment d'élite....
Votre mérite est grand , je ne puis le nier ,
Lui dit , d'un ton modeste , une petite rose ;
Mais qu'il serait bien peu de chose ;
Sans les secours du jardinier.

Le monde est plein de gens ingrats par caractère ,
Vains et présomptueux , et qui , facilement ,
Perdent le souvenir de ce qu'on a pu faire ,
Pour leur instruction , pour leur avancement.

FABLE IV.

L'ENFANT ET LE MOINEAU FUGITIF.

Un enfant se plaignait assez amèrement ,
Du mauvais naturel , et de l'ingratitude ,
De son jeune moineau , qui venait à l'instant
D'échapper à ses soins , à sa sollicitude ,

Et qui méconnaissait son tendre attachement.
« Reviens, lui criait-il, reviens, ma voix t'appelle ;
« Songe à mes noirs chagrins, à ma vive douleur ;
« Reviens, petit mignon, de ton ami fidèle
     « Peux-tu faire ainsi le malheur !
« Jette au moins un regard sur l'or de cette cage
     « Que tu quittas si brusquement ;
       « N'a-t-elle donc rien qui t'engage ?
« Ah ! pourquoi déserter un si beau logement ? »
Ne pouvant résister à ce tendre langage,
Le petit fugitif s'approchait doucement,
Déjà même il était rendu près de l'enfant...
Mais, il reprit soudain son vol vers le bocage
     Lorsque le marmot imprudent
     Vint à lui parler *de sa cage.*

C'est, nous pouvons le dire avec juste raison,
     Qu'il n'est point de belle prison.

FABLE V.

LE PAYSAN ET SON SEIGNEUR.

Un paysan vint trouver son seigneur,
Et lui dit : mon cochon, animal très-vorace,
A tué votre chien, accordez moi sa grâce ;
     Soyez touché de ma douleur !
Que me demandes-tu, reprit d'un air sévère
     Le hobereau ? Pour dédommagement,
     Je veux d'abord, vingt écus d'or comptant,
Puis ton cochon ; afin que sa peine exemplaire,
     Sa mort serve dorénavant,

A retenir tout autre garnement
Qui, comme lui, voudrait mal faire,
Et qu'elle apprenne, à bourgeois et vilains,
Le respect que l'on doit en somme,
Aux nobles et très-dignes chiens
D'un homme comme moi, d'un parfait gentilhomme.
— Ici le villageois, soudain se reprenant :
Que dis-je, malheureux, dans ma douleur amère,
Je perds, je crois le jugement ;
Car, monsieur, c'est tout le contraire ;
C'est votre chien qui, méchamment,
Tout à l'heure dans la prairie,
De mon pauvre cochon a terminé la vie. —
Il faut donc, répliqua sur le champ le seigneur,
Qu'à mon chien ton cochon ait fait quelque sottise,
Et que, par malveillance, imprudence ou bêtise,
Il ait en quelque chose offensé son honneur !
Dans l'un ou l'autre cas, ton cochon est coupable ;
Il a bien mérité son sort.
Mais, puisque pour son crime il a reçu la mort,
En seigneur bon et charitable,
Je consens d'oublier son tort.
Adieu, retires-toi, mais, mon cher, je t'en prie,
Élève mieux désormais tes cochons,
Et par de fréquentes leçons
Instruits-les des égards dus à ma seigneurie.

Celui qui par le sort se trouve condamné
A plaider contre un grand, est vraiment fortuné,
Si par ses soins et par ses veilles,
Il peut, son procès terminé,
Conserver encore ses oreilles.

FABLE VI.

LE SINGE ET LE RENARD.

Devant maître renard , très-fine créature ,
Certain singe exaltait son merveilleux talent
   Pour imiter et feindre adroitement
De tous les animaux le geste et la tournure....
Je conviens , répondit aussitôt le renard ,
Que pour bien imiter ton adresse est extrême ;
Mais pourquoi , dis-le-moi, franchement et sans fard,
N'en voyons-nous aucun qui t'imite toi-même ?

Contre-faire est un mal qu'on ne peut décemment
   Admettre en bonne compagnie ;
Quel mérite, en effet , d'offrir , le plus souvent ,
D'un portrait agréable une laide copie.

FABLE VII.

LA ROSE , LA MARGUERITE ET LE CHÊNE.

Du milieu d'un buisson , une rose vermeille ,
Fière de son éclat, de ses charmes naissans ,
   Et croyant , à tous les passans ,
   Paraître au moins une merveille ,
Tint, à peu près , ce discours insultant
A la charmante et fraîche marguerite ,
Qui , près d'elle , en un coin croissait modestement :

« Que faites-vous ici , fleurette sans mérite ,
« Dit-elle ; en vérité , je trouve assez plaisant ,
« Que vous osiez paraître en un lieu que j'habite...
      « Vous voulez vivre , apparemment ,
« Triste et seulette ; et , tout comme un hermite ,
« Passer vos jours dans le recueillement.
« Car je ne vous crois pas , ma mie , assez peu sage
« Pour. vous imaginer que , dans mon voisinage ,
« Vous puissiez enchaîner jamais aucun amant.
« Les amoureux zéphirs , le papillon volage ,
« Les fleurs et le printemps, les hommes et les dieux
« Rendent à mes attraits un continuel hommage ,
« Et je flatte à la fois , l'odorat et les yeux. »
      La marguerite et timide et naïve ,
Semblait , par son silence , approuver ces propos ,
Lorsqu'un chêne touffu , placé sur l'autre rive ,
A l'orgueilleuse fleur répondit en ces mots :
« Vous avez, j'en conviens, des charmes qu'on admire,
« Vous plaisez aux bergers , au zéphir inconstant...
« Mais combien peut durer votre brillant empire ?
« Un mois ? une semaine ? Hélas ! dois-je le dire !
« Votre éclat passager ne dure qu'un instant ;
« L'astre qui le matin , sortant du sein de l'onde ,
« Éclaire vos beautés , vos charmes superflus ,
« Le soir même en cessant de parcourir le monde ,
« Vous retrouve mourante , et ne vous connaît plus.
    « La marguerite est moins belle peut-être ,
« Aux yeux de l'homme vain , inconstant et léger ;
« Mais pour celui qui sait l'estimer , la connaître ,
« Ses modestes vertus l'empêchent de changer.
     « Elle n'est point comme vous passagère ;
« Elle est belle en automne, elle est belle au printemps;
« Et souvent dans le mois des rapides autans ,
« Elle orne encor le sein d'une jeune bergère. »

FABLE VIII.

LA VIEILLE ET LES FRÉLONS.

On nous a rapporté que , dans certain village ,
    Une vieille , au moins très-peu sage ,
Voulant se délivrer d'un essaim de frélons
    Qui , sous le toit de sa demeure ,
S'était venu loger, sans beaucoup de façons ,
Résolut de brûler le pauvre nid sur l'heure ,
    Et pour cela , s'arma de deux tisons.
Mais , malheureusement , cette femme était ivre ;
    Le toit aussitôt s'embrasa ;
Et , dans moins d'un instant , la flamme dévora
Six maisons de voisins ; tout ce qui peut s'ensuivre ,
Et celle dont l'erreur ce grand malheur causa.

    Plus instruite , que vous en semble
Et surtout, conservant un peu mieux sa raison ,
Cette femme eût du feu préservé sa maison :
    Sagesse et savoir vont ensemble.

FABLE IX.

LA BOUSSOLE ET LA CHARTE.

    Jouet des vents et de l'orage ,
    Un vaisseau traversait les mers ;
    Lorsque des esprits à l'envers ,

Pour le préserver du naufrage ,
Proposèrent à l'équipage ,
De jeter la boussole au sein des flots amers.
Ah! vous n'y pensez pas , reprit un homme sage ,
Nous ne pouvons sans elle achever le voyage :
Elle nous sauvera des plus affreux revers.
De la raison en vain il parla le langage ,
    Ses beaux discours ne purent les toucher ;
Et sans boussole , errant de rivage en rivage ,
Le vaisseau se brisa bientôt contre un rocher.

O vous ! qui d'une ardeur , j'ose dire bien folle ,
En renversant nos lois, croyez sauver l'état ,
    Avant que de commettre un si grand attentat ,
Songez que des Français *la charte est la boussole.*

FABLE X.

LES JEUNES SINGES ET LE PANIER DE FRUITS.

Sans en chercher ici la raison sérieuse ,
Vous saurez qu'on chargea jadis un précepteur
D'instruire , de former , de conduire au bonheur ,
De singes étourdis une troupe nombreuse.
Après les avoir tous endoctrinés long-temps ,
Leur avoir prodigué les fruits de sa science ,
Les estimant enfin , modèles de constance ,
    De savoir et de tempérance ,
Possesseurs en un mot des plus rares talens ,
    Plein de cette douce espérance ,
A Son maître aussitôt il vint les présenter ,

Ne doutant point qu'il ne dût remporter,
Pour tous ses soins une ample récompense.....
Mais au moment, hélas! qu'ils furent introduits
    Dans les appartemens du maître,
    Le sort voulut qu'on fît paraître
    Un grand panier, rempli de fruits.
Alors, ne songeant plus aux leçons de sagesse,
    Aux bons avis qu'ils ont reçu,
  Tous ces bambins courent avec prestesse,
Vers le panier qu'ils ont par malheur aperçu.
    N'écoutant que leur gourmandise,
Ils s'arrachent les fruits avec acharnement,
    Les trouvant bien mieux à leur guise
    Que les préceptes du savant.
Celui-ci plein de honte, et grandement en peine,
Dit, avec un soupir : « Je ne le vois que trop,
« On ne peut point chasser, quelque soin que l'on
                        (prenne,
« Le mauvais naturel, il revient au galop. »

FABLE XI.

LA LINOTTE (Fable allégorique),

Récitée par une jeune petite fille, admise pour la première
fois aux jeux d'un pensionnat.

    Dans une volière élégante,
    Qu'habitaient de jeunes oiseaux,
    Tous bien élevés et très-beaux,
    Une linotte peu savante,
    Pour mieux dire fort ignorante,

Fut admise à des jeux pour elle assez nouveaux.
　　D'abord, interdite et muette,
　　On s'aperçut que la pauvrette
　　Osait à peine faire un pas.
　　Mais bientôt cette troupe aimable,
　　Par l'accueil le plus favorable,
　　Dissipa son triste embarras.
　Alors, le cœur plein de reconnaissance,
La linotte cédant aux plus doux sentimens,
S'écria : je vois bien que l'extrême indulgence,
　　Et la grâce et la bienveillance,
Sont, en tout temps, compagnes des talens.

FABLE XII.

LA GUENUCHE ET LA GLACE.

　Un grand seigneur avait, dans son palais,
　　Une guenuche assez gentille ;
C'était son goût ; ne disputons jamais
Sur ce point-là. Fière d'un œil qui brille,
D'un pied léger, d'un certain agrément,
　　La guenon croyait fermement
　　Qu'elle n'avait point de pareille,
　　Et que, véritable merveille,
Sa beauté ne pouvait rencontrer d'opposant.
　　Elle était ainsi disposée,
　Quand, traversant un bel appartement,
　Elle aperçut, et très-artistement,
　Sur le lambris, une glace apposée.
　Au dernier point, surprise en s'y voyant,
Elle dit : que la glace était très-peu sincère.

Dame nature a , certe , en me faisant ,
   Mieux travaillé , dit-elle , je l'espère ;
Et , pleine de dépit , la glace saisissant ,
   Sur le parquet la jette à l'aventure ;
Mais , qu'en résulta-t-il ? La glace , en se brisant ,
Lui fit voir mille fois sa grotesque figure.

    Ainsi l'on trouve bien souvent ,
En voulant se venger , son propre châtiment.

FABLE XIII.

LE PINSON.

Un oiseleur prit un joli pinson ,
   Et d'une main très-scélérate ,
Pour amuser un jeune et folâtre enfançon ,
   Il lui mit un fil à la patte.
   Le pauvre oiseau , vivement tourmenté ,
Honteux de vivre ainsi dans un triste servage ,
Trouvant l'occasion , reprit sa liberté ,
Et soudain s'envola dans le fond du bocage.
Mais le fil qu'il emporte , et qu'il n'aperçoit pas ,
   S'embarrasse dans le branchage ,
Et ce gentil pinson , qu'un vain espoir engage ,
Arrêté dans son vol , rencontre le trépas ,
   En cherchant à fuir l'esclavage.

    Sachons souffrir patiemment
Une douleur tolérable et légère ;
C'est en tout temps , le mieux qu'on puisse faire ,
   Pour éviter un mal plus grand.

FABLE XIV.

LE RENARD ET LE BUISSON.

Vivement poursuivi, par d'habiles chasseurs,
Un renard se jeta dans un buisson d'épines,
Et se sauva, par-là, de leurs mains assassines ;
Mais non sans éprouver d'assez vives douleurs.
Ce buisson épineux m'a fait bien des blessures,
Dit-il, mais je lui dois de m'avoir conservé ;
Et contre les malheurs dont il m'a préservé,
    Que sont quelques égratignures.

    On doit souffrir patiemment,
    Et supporter avec courage,
    Un petit mal qui nous dégage,
    Qui nous préserve d'un plus grand.

FABLE XV.

LE BERGER ET LES BREBIS.

Non petit ovem sine lana.
(Bapt. Montanus).

Dans un pré qu'arrosait une onde fraîche et pure,
Tranquillement paissait un troupeau de brebis ;
Heureuses de leur sort, bénissant la nature,

Les pauvrettes vivaient sans soins et sans soucis ;
    Quand, tout à coup, l'une d'entr'elles,
    Accourut, le cœur palpitant,
    Pour leur dire qu'incessamment,
    Des mains barbares et cruelles
Allaient, de leurs toisons, enlever les plus belles,
    A l'aide d'un vil instrument.....
    Le bruit fut grand, comme on peut bien le croire,
Les plus jeunes voulaient résister ou mourir ;
    Chacune enfin de discourir :
Des lois, tant bien que mal, invoquant le grimoire.
La chose en était là, lorsqu'en patelinant,
Du troupeau le berger élevant la parole,
    Traita d'oisif et de frivole
Le motif qui semblait les affliger autant.
Il est vrai, leur dit-il, que l'on veut votre laine,
    Mais c'est, pouvez-vous en douter,
    Pour vous soulager de la peine
    Que vous avez à la porter.
Ne craignez rien d'ailleurs, j'aurai soin, je vous jure,
    De bien diriger le ciseau,
    D'attaquer faiblement la peau ;
    Et si je fais quelque blessure,
    L'onguent sera mis à propos.
    Du reste, que prétend-on faire ?
    Rien, en vérité, presque rien :
    Nous ne voulons dans cette affaire,
    Chères brebis, que *votre bien.*

FABLE XVI.

LE RENARD ET LE CERF.

Le renard exhalait sa haine
Contre le cerf au pied léger ,
Et , pour trouver en lui défauts à corriger ,
Il se donnait beaucoup de peine.
Après l'avoir examiné
Depuis les pieds jusqu'à la tête ,
Notre censeur conclut (examen terminé)
Qu'il avait la jambe mal faite.
Le cerf , bien loin de se fâcher ,
De repousser le trait qu'il lui décoche ,
Crut qu'il pouvait même chercher
Un éloge dans ce reproche....
J'ai tout lieu d'être assez content ,
Répondit-il , de ma figure ,
Aussi bien que de ma tournure ,
Puisque l'œil même du méchant
Ne peut en moi trouver uniquement
Qu'un défaut dont je puisse accuser la nature.

Bien que l'envie , en ses tristes ébats ,
Aux désirs d'offenser nullement ne déroge ,
Le méchant , malgré lui , cependant fait l'éloge
De tout ce qu'il ne blâme pas.

FABLE XVII.

LA POULE ET LES OEUFS DE CROCODILE.

Une jeune poule trouva
Cinq ou six œufs de crocodile ,
Et , les croyant de quelque volatile ,
Avec soin elle les couva.
Mais , de cette race ennemie ,
Reconnaissez la perfidie ,
La méchanceté , la noirceur ,
A peine nés , dans leur furie ,
Tous ces monstres , avec ardeur ,
Déchirèrent le sein qui leur donna la vie.

Elever des méchans , c'est couver son malheur.

FABLE XVIII.

L'ÉPERVIER ET LE COUCOU.

L'épervier adressait des reproches amers
Au coucou , lui disant : doué par la nature ,
D'un pied nerveux , d'une forte encolure ,
Qui vous mettraient sans peine au-dessus des revers,
Comment pouvez-vous bien vivre dans l'indigence ,
Vous nourrir lâchement des plus vils vermisseaux ,
Lorsqu'avec plus d'ardeur et surtout de vaillance ,

Il vous serait aisé d'attraper des oiseaux ?...
A quelques temps de là, errant à l'aventure,
    Notre coucou vit ce brigand
    Pendu par le col, et faisant
    Une assez piteuse figure.
    On l'avait ainsi suspendu
  Pour effrayer les oiseaux de rapine
    Cachés dans la forêt voisine,
Et rendre leur retour un peu moins assidu.
Si, moins ambitieux, dit-il, et moins vorace,
Tu t'étais contenté d'insectes, comme moi,
Je ne te verrais pas remplir ce sot emploi,
    Et faire une telle grimace.

Le pauvre vit heureux dans son obscurité :
Les soucis, les dangers désertent son azile ;
Tandis qu'avec son or, le riche inquiété
    N'est pas un seul instant tranquille.

FABLE XIX.

L'ENFANT ET LE CHAT.

Un jeune enfant, tenant son déjeuné,
    Se promenait sans défiance,
Et, par son appétit, vivement entraîné,
Il commençait à voir la fin de sa pitance,
Lorsqu'un chat alléché, sans doute par l'odeur,
S'approcha doucement, et sans cérémonie ;
    Et lui tenant fidèle compagnie,
A le suivre sembla trouver tout son bonheur.

L'enfant, trop crédule et peu sage,
Crut que, pour lui, *Mitis* avait de l'amitié,
Et, par reconnaissance, il l'admit de moitié,
Et, de son déjeuné, fit un juste partage.
Mais à peine le chat tient-il ce qu'il poursuit,
    L'unique objet de sa tendresse,
Que, mettant de côté la ruse et la finesse,
    Il gagne du pied et s'enfuit.
Notre bambin surpris, et versant quelques larmes,
S'écria, détrompé de sa funeste erreur :
O *Mitis* ! tu n'étais qu'un insigne tompeur !
Et mon déjeuné, seul, avait pour toi des charmes.

FABLE XX.

LES FURIES.

Elles sont vieilles, mes furies,
Dit le pâle Pluton au messager des dieux ;
Il m'en faut procurer trois autres plus jolies,
    Et qui repoussent moins les yeux.
    — Va-t-en faire un tour sur la terre,
    Cherche, furte en tous les recoins ;
    Trouve trois femmes, par tes soins,
Qui puissent, à peu près, mes desseins satisfaire.
    Mercure obéit,
    Et partit.
A quelque temps de là, du sommet des nuages,
    Junon chargea sa messagère Iris,
    De lui trouver trois femmes sages ;
En mérite, en vertus, exemples accomplis.

Va , dit-elle , là-bas ; grand nombre de mortelles
Sont dignes , en tout point , de servir de modèles ,
   Et d'honorer un choix si glorieux.
   Vénus soutient qu'il n'est point de rebelle ,
Et qu'à ses seules lois le beau sexe est fidèle ,
Je prétends le venger d'un soupçon odieux.
Iris part sur-le-champ , s'agite , s'inquiète ;
   Dans tous les sens parcourt notre planète ;
Mais , hélas ! ses efforts restent infructueux.
Après une recherche et longue et très-pénible ,
Elle regagne enfin la céleste cité.
   La voyant seule , et le cœur attristé ,
   L'épouse de Jupin s'écrie : Est-il possible ?
   O modestie ! ô chasteté !
Déesse , dit Iris , dans toutes les familles ,
J'aurais pu rencontrer assurément trois filles ,
Sages , le regard fier , et méprisant l'amour ;
Mais , avant moi , quelqu'un , en tentant l'aventure ,
M'a ravi le plaisir d'en orner votre cour. —
Qui donc ? poursuit Junon. — Madame, c'est Mercure ;
Il les conduit , par ordre , au ténébreux séjour....
   Ce sont encor de tes plaisanteries ,
Reprit , en souriant , la déesse Junon :
Eh ! de ces filles-là , que veut faire Pluton ?
   Des furies.

FIN DES FABLES.

FRRATA.

Liv. Iᵉʳ, p. 10, fab. 5ᵉ, v. 2, encore, lisez : *encor*.

Liv. Iᵉʳ, p. 17, fab. 13ᵉ, v. 5, supprimez : et, et ajoutez ,

Liv. II, p. 29, fab. 2ᵉ, v. 2, supprimez : et.

Liv. III, p. 64, fab. 11ᵉ, v. 3, des fracas, lisez : *du fracas*.

Liv. III, p. 64, fab. 11ᵉ, v. 12, le , lisez : *de*.

Liv. III, p. 73, fab. 17ᵉ, v. 10, des, lisez : *de*.

Liv. IV, p. 77, fab. 1ʳᵉ, v. 18, mon fils, lisez : *mon cher fils*.

Liv. IV, pag. 87, fab. 10ᵉ, v. 22, près de lui, lisez : *près de-là*.

Liv. V, p. 102, fab. 5ᵉ, v. 1, du nonveau venu, lisez : *des nouveaux venus*.

Liv. V, p. 102, fab. 5ᵉ, v. 1, ce, lisez : *le*.

Liv. V, p. 103, fab. 6ᵉ, v. 4, son voisin, lisez : *ses voisins*.

Liv. VI, p. 118, fab. 3ᵉ, v. 19, encore, lisez : *encor*.

Liv. VI, p. 131, fab. 17ᵉ, v. 8, fais, lisez : *sais*.

TABLE ALPHABÉTIQUE

DES FABLES.

——

A.

B.

C.

O.

P.

Q.

R.

T.

V.

FIN DE LA TABLE.

Niort. — Morisset, imp. du Roi.

www.ingramcontent.com/pod-product-compliance
Lightning Source LLC
Chambersburg PA
CBHW061328050726
47504CB00013B/1434